柳内たくみ
Yanai Takumi
Illustration:黒獅子
GATE
ゲート
自衛隊
彼の海にて
斯く戦えり
SEASON 2
4. 張望編
下

三人の美姫に
文字通り挟み込まれた徳島は、
混乱と混迷の渦に陥った。

「な、何がどうなってるんでしょう？」

ゲート SEASON2
自衛隊　彼の海にて、斯く戦えり
4.漲望編〈下〉

ALPHA LIGHT

柳内たくみ
Takumi Yanai

アルファライト文庫

主な登場人物
Main Characters

徳島甫《とくしまはじめ》

海上自衛隊二等海曹。
特務艇『はしだて』への配属
経験もある給養員（料理人）。

オデット・ゼ・ネヴュラ

翼皇種《アヴィ》の少女。
戦艦オデット号の船守り。
プリメーラの親友。

江《え》田《だ》島《じま》五郎《ごろう》

海上自衛隊一等海佐。
情報業務群・特地担当統括官。
生粋の“艦”マニア。

シュラ・ノ・アーチ

帆艇アーチ号船長。
正義の海賊アーチ一族。
プリメーラの親友。

プリメーラ・ルナ・アヴィオン

ティナエ統領の娘。
極度の人見知りだが酒を飲む
と気丈になる『酔姫』。

シャムロック・ハ・エリクシール

ティナエ政府
最高意思決定機関
『十人委員会』のメンバー。

メイベル・フォーン

亜神ロゥリィとの戦いに敗れ、
神に見捨てられた亜神。
徳島達と行動を共にする。

伊丹《いたみ》耀司《ようじ》

陸上自衛隊一等陸尉。
江田島の要請を受け
再び特地へ赴く。

石原《いしはら》莞吾《かんご》

中華人民共和国・
人民解放軍総参謀部二部に
雇われた日本人。

その他の登場人物

レディ・フレ・バグ…………海に浮かぶ国アトランティアの女王《ハーラム》。
セスラ……………………メトセラ号の三美姫。三つ目のレノン種。
ミッチ……………………メトセラ号の三美姫。黒真珠のような肌の海棲種族。
リュリュ…………………メトセラ号の三美姫。褐色の肌を持つ亜人種。
イスラ・デ・ピノス…………シャムロックの秘書。
黎《レイ》 紫萱《ズシェン》………………………中華人民解放軍の二級軍士長。
プーレ……………………プリメーラの世話係を任されたメイド。

特地アルヌス周辺
碧海
グラス半島
クンドラン海
メギド
トランティア・
ルース
アヴィオン海

●ロンデル
帝都●
●イタリカ
◎アルヌス
エルベ藩王国
トュマレン
碧　海

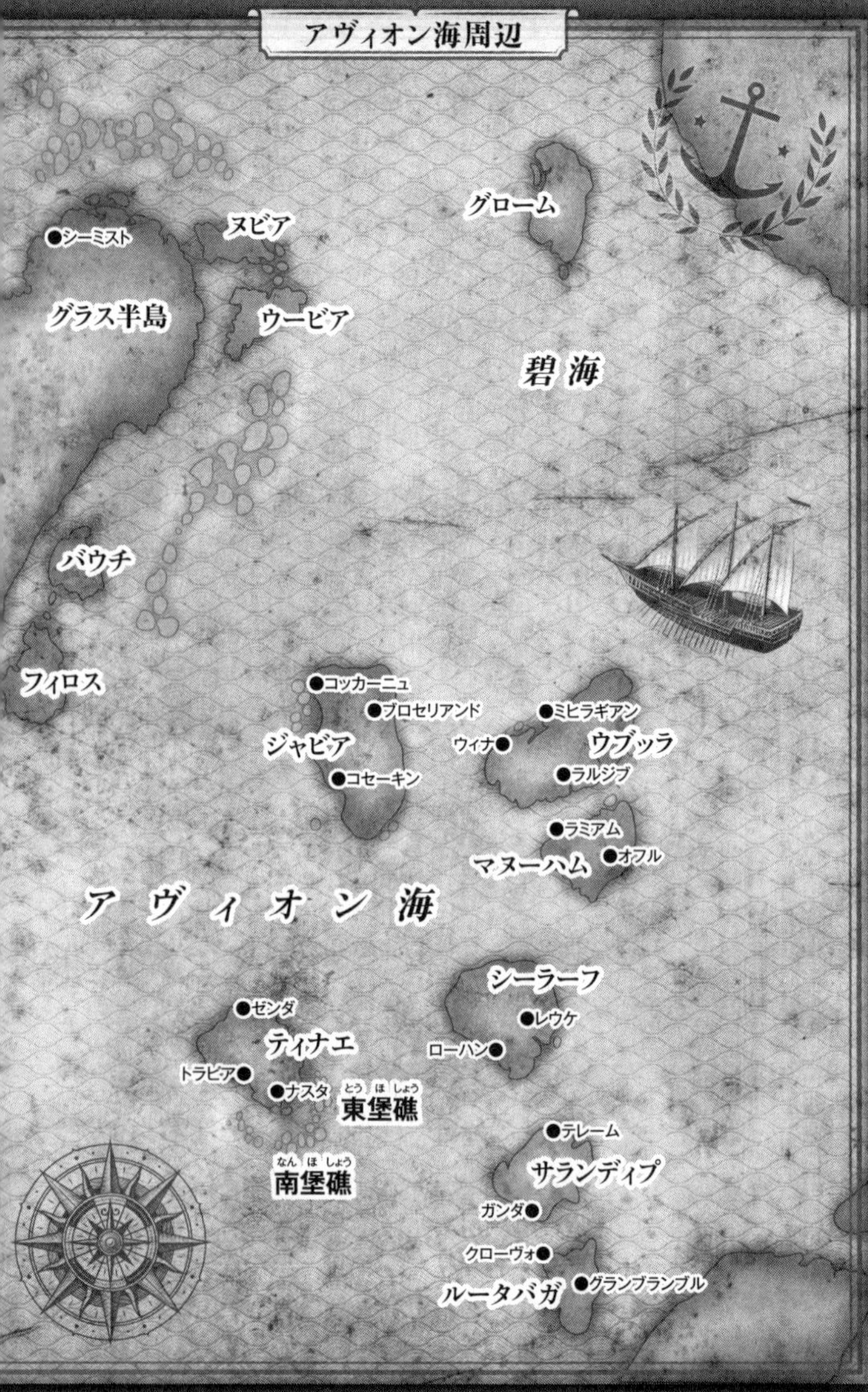
アヴィオン海周辺
グローム
ヌビア
●シーミスト
グラス半島
ウービア
碧海
バウチ
フィロス
●コッカーニュ
●ブロセリアンド
●ミヒラギアン
ジャビア
ウィナ●
ウブッラ
●コセーキン
●ラルジブ
●ラミアム
●オフル
マヌーハム
アヴィオン海
シーラーフ
●ゼンダ
●レウケ
ティナエ
ローハン●
トラビア●
●ナスタ
東堡礁《とうほしょう》
●テレーム
南堡礁《なんほしょう》
サランディプ
ガンダ●
クローヴォ●
●グランブランブル
ルータバガ

05

石原《いしはら》は頭を抱えていた。

「どうしてこうなったんだろうなあ」

占い師からもらった珊瑚玉《さんごだま》を用いて貴族の宴会が行われている迎賓船《げいひんせん》に乗り込み、一か八かの勢いで女王陛下に自分を売り込むことに成功した。

しかもただ仕官するばかりでなく、宰相《さいしょう》などという顕職《けんしょく》への就任をもぎ取ったのだ。万々歳《ばんばんざい》の成果である。

だが望外の喜びにいささか警戒心が鈍《にぶ》ってしまった。それが大きなミスであると分かったのは、就任祝賀会で同僚たる尚書《しょうしょ》達から言葉を掛けられた時であった。

そもそも石原は、アトランティア・ウルースに食い込みたかった。なのに彼が宰相を務める国は、アヴィオン王国とかいう実態のない名ばかりの存在であった。

そう。権力なんて存在しない。にもかかわらず、尚書になれた連中は一体どうして喜んでいたのかと思えば、それは名誉を手にすることが出来たからだ。

つまり、その程度の役職なのだ。

「道理で簡単に任命した訳だ」

プリメーラとかいう酔っ払い女王は、ごっこ遊びか何かの鬼でも決めるような心づもりで石原を指名したに違いない。だからこそ「宰相にしてください」「あら、いいわよ」という感じに話が進んだのだ。

しかもこの宰相という役目には、とんでもない地雷というか罠というか爆弾があった。アトランティア・ウルースは、ここしばらく外交的にかなり問題のある行動を繰り返した。

海賊を撃滅するためと称してアヴィオン七カ国から軍勢を集めておいて、いざ戦いが始まったらそれを後ろから斬り付けるような真似をしたのである。

卑怯極まりない悪辣《あくらつ》な行為である。

しかしアトランティアはその勢いで七カ国を制圧してしまう予定だった。たとえ悪行であっても上手くいくなら問題はなかったはずなのだ。

だがその作戦に参加しなかったティナエの軍艦オデットII号によって切り札が奪われた。

おかげでアトランティアはせっかくの軍事的な成功を逃したどころか、全世界から爪《つま》弾《はじ》きにされる苦境に陥《おちい》ってしまった。

そこでアヴィオン王国宰相の出番である。

計画では、宰相にはこういう役回りが振られているらしい。

『レディがそのような非道な方法に手を染めたのは、アヴィオン王国復活を求めてやまない宰相に言葉巧みに騙されたからであり、真に悪辣凶悪なのは亡命政権の宰相である。この男さえいなければ、今回のような事件は起きなかったであろう。すなわち全ての罪はアヴィオン亡命政府の宰相にある』

そういう方向性で、この問題は処理されることになっているのだ。

あたかも戦後のドイツ政府が、全ての悪行の責任を民主的な手続きによって選ばれたはずのヒトラーとその一党に押しつけたようなものである。

だが、ナポレオン戦争後のフランスも、過去の悪行を全てボナパルトのせいにし、フランスはその犠牲者という立場で国体の維持を図ったのだから、論法自体は別に珍しくもない。

「道理で宰相になりたいって奴がいなかった訳だ。どこかでおかしいと思うべきだったんだ」

石原は愚痴《ぐち》ったが、今となっては全てが手遅れである。

黎《レイ》がほくそ笑みながら言った。

「後悔は先に立たないと言うからな。なんならもう諦めて逃げるか？」

全てを捨てて逃げてしまえば、命だけは助かるだろう。元より彼女は国に帰りたいという気持ちのほうが優勢らしく、石原が任務を諦めることは大賛成なのだ。

「いや、ちょっと待て。せっかく女王様と直《じか》に話せる立場になったんだ。これを逃す手はないだろう？　まずはいろいろと献策してみることにするよ」

「ほほう。いよいよ縦横家蘇秦《じゅうおうかそしん》に習ってその舌を使おうという訳だな」

「舌を使う。舌を使うか……ふむ、閃《ひらめ》いた。確か女王は後家《ごけ》さんだったな……」

石原が邪悪そうに笑う。すると黎は両耳を押さえて頭ごなしに叫んだ。

「閃くな！　お前がどんな冗談を考えたか、少しも、まったく、絶対に聞きたくない！」

「なるほど、俺が何を考えたかお前にも分かった訳だな。そういえば、お前も実は好き者だったもんな」

「だから！　言うなっての!!」

「しょうがないなあ、このあたりで勘弁してやるか」

「本当だな？」

「ああ、冗談はここまでだ。俺が考えた方法は、俺がどれだけ有能かを示し続けるってことだ。そうすれば、女王も俺をスケープゴートに使う計画を考え直すだろう」

「はぁ、有能さを示す……か。寝言は寝て言え」

黎は揶揄《やゆ》するように薄く笑った。

「黎。どうやらお前さんはとっとと国に帰りたいみたいだな。だがな、逃げるのはやれることを全部試してからでも遅くないんだよ」

石原は自分の弁舌能力に全てを託すと告げたのだった。


とにもかくにも石原はアヴィオン王国宰相となった。

名前だけとはいえ、これでアトランティア・ウルースの王城に出入り自由の立場になったのだ。それを活かさない手はない。そこでまずは、アトランティアのハーラム——つまり女王のレディに就任の挨拶という名目で面会を求めた。

「お前がイシハ・ラ・カンゴーですか？」

名前の区切り方がちょっと違うなあと思ったが、異世界であまり細かいことに拘《こだわ》っても意味がないので、石原は恭《うやうや》しく頭《こうべ》を垂れながら「左様でございます」と応えた。

「聞けば、そなたは自らプリムに売り込んだそうですね」

「はい」

「つまり、覚悟は出来ているということですね？」

この『覚悟』が何を意味しているかは言うまでもないだろう。悪辣な宰相として全ての責任を背負って死んでいく腹づもりのことだ。

「女王陛下《ハーラム》のご期待以上の働きをする覚悟ならばございます……」

石原は含みのある表現を使って、ただの捨て駒にはならないとアピールした。

すると女王《ハーラム》はすぐに反応した。

「そのようなことはまったく必要ありません。お前はしかるべき時に、しかるべき方法で死ねばよいのです。それまでは位人臣《くらいじんしん》を極めた喜びを味わっていなさい。未練や思い残しがないようにするのです。いいですね？」

「陛下ならばそうおっしゃってくださると思っておりました。しかし私にとっては、まさに仕事こそが味わうべき『喜び』なのでございます」

「言っていることが分からないのですか？　私は来《きた》るべきその日まで、遊び呆《ほう》けていなさいと命じているのです」

「陛下も、どうぞお耳をお貸しください。私にとっては仕事こそが遊びなのです」

レディは虚《きょ》を衝《つ》かれたように目を瞬かせた。

「……仕事が遊び？」

「そうでございます」

「お前、随分と変わっているのですね？　少なくともそういう者が近くにいたことはありません」

「そうですか？　男の全員がそうだとは申しませんが、その手の人間は案外あちこちに転がっているものなんですよ。様々な事柄に働きかけ、思い通りになっていく様を見ていくのは私にとっては無上の喜びです。何かの問題を解決して人々から賞賛されるのは愉悦この上ありません」

レディは肩を竦《すく》めた。

「何もかもが思い通りになるのならそうでしょうね？」

「はい。ですので女王陛下《ハーラム》、どうぞ私めの喜びのためにぜひ仕事を賜《たまわ》りたく存じます」

「はぁ……よいでしょう。遊んで暮らせと言ったのは確かに私なのですから。で、何をさせればよいのです？」

「まずは、我が主君プリメーラ様、そしてその偉大なる後見人たるレディ陛下の御為《おんため》になる献策を申し上げたく思います。実は私、宰相に任じられてから、あちこちにこのアトランティア・ウルースの置かれている状況を尋ねて歩きました」

「それで、何か分かりましたか？」

「はい。アトランティアの置かれている状況は、じり貧とでも申しましょうか……もう後のない、最悪の一語に尽きるかと」

「………不愉快ですね」

「はい。実に不愉快な状況です」

「不愉快なのは貴方の物言いです！」

「女王陛下《ハーラム》、どうぞ目を背けることなく現実をご覧ください」

「お前、私を不愉快にさせて何をしたいのです？　死にたいのですか？」

するとと石原は不敵に笑った。

「私が死を恐れるとお思いですか？」

これにはレディも返す言葉がなかった。

アヴィオンの宰相は刑死する予定である。従って、石原の置かれている状況は今死ぬか、あとで死ぬかでしかないのだ。

従ってこの男には死などまったく脅《おど》し文句にならないのだ。それどころか、レディは石原を軽々《けいけい》に殺せない。全ての罪を着せるには、効果的なタイミングで殺す必要があるからだ。つまり現時点では、誰も殺せない最強の存在なのだ。

そのことをレディも今更のように理解した。

「この状況を少しでもよくする方策を練りました。それをお聞きいただきたいのです」

「一体どうすると言うのです？」

「七カ国の全てに、内々で使者を送りましょう。そしてありとあらゆる手段を尽くしてこちら側に引き込むのです」

「どうやって？」

「例えばシーラーフ侯国では、跡継ぎ問題で侯家内が暗闘の真っ最中とか。どの跡継ぎ候補が前シーラーフ侯爵公子の仇《かたき》を取ったかで後継者が決まりそうな状況ですので、使者にこう囁《ささや》かせる手がございます。『陰謀の中心人物、悪徳宰相イシハの首を獲《と》る機会を与えましょう。その代わり、アトランティアの味方になってくれませんか』と」

この言葉にレディは目を瞬《またた》かせた。確かに効果はあると思ってしまったのだ。

「し、しかし、それによって攻め込んでくるのが七カ国から六カ国になったくらいでは意味がありません」

「いいえ。これで相手方に不信感を広げることが出来ます。相手が明確に拒絶しなければ、シーラーフは裏でアトランティアと繋がっていると触《ふ》れ回れます。もちろん他の国にも似たような裏工作をどんどん仕掛けて参りましょう。そうすれば、彼らはやがて互いに罵《ののし》り合うようになる。お前が、いやそっちこそが、アトランティアと裏協定を結んでいる、と言って。こう申し上げては失礼ですが、アヴィオン七カ国は陛下に対する恨みだけでまとまっているような烏合《うごう》の衆《しゅう》。ちょっと猜疑《さいぎ》心の種を蒔《ま》いてやれば、共闘関係などあっという間に瓦解《がかい》してしまうでしょう」

レディはいつの間にか石原の流暢《りゅうちょう》な物言いに呑まれていた。

「そ、それでどうなるというのです？」

「後は元からの計画通りなされるのがよいでしょう。海賊活動を続けて、敵方の国々をじわりじわりと弱めていくのです。まずは一国、例えばティナエを併呑《へいどん》するのはいかがでしょうか？」

「……なるほど。お前の言う通りかもしれませんね。ですが、最近は海賊活動が難しくなっています。何しろニホンとかいうお節介な国が軍艦を派遣してきているのですから」

レディは、石原の論説に穴を見つけたことが嬉しそうであった。その状況は本来自分にとっては不快なはずだが、石原の言葉を素直に認めてしまうことのほうが業腹《ごうはら》に感じられるからであった。

しかし石原はそんな反論すら想定していたかのように笑みを浮かべたままだった。

「私めに名案がございます」

「どのような？」

「この策を用いてくださいますと、日本の軍艦が、アトランティア・ウルースの旗を掲げた船に手出し出来なくなります」

「なんですって？　そんな方法があるのですか？」

レディは思いっきり身を乗り出した。

「もちろんです。何しろ私、あの国のことはよく存じておりますので」

「ど、どうすればよいのです？」

「お知りになりたいですか？」

石原のもったいつけた言葉に、レディは苛立ちを露《あら》わにした。

「いいから早く言いなさい」

「では、申し上げましょう。あの国がアトランティア・ウルースの軍船を海賊だといって取り締まるのは何故か。それはアトランティアを国家として認めていないからです」

「アトランティア・ウルースは国です。私の治める国家です」

「ですが、アルヌスにある『門《ゲート》』の向こう側では、国家として認められるのに必要な要件がございます。それは、領土と国民と政府、そして外交能力の四つから成り立っております」

「その四つとも、我が国にはあります」

「いいえ、重要なものが欠けています。だからこそ、日本はアトランティア・ウルースを海賊の集団と見なすのです。そしてその軍事行動を海賊行為と見なして邪魔することが出来るのです」

「どうすればよいのです？　何を補えばよいのです？」

「領土です。どこでもよいので、領土を是非手にお入れください」

「領土。海では駄目なのですか？」

「あの世界の者達は、何もかも陸を基準に考えます。領海とは、領土の付属物なのです。国家として認めさせるには領土が絶対的に不可欠です」

「では、どこか適当に無人の岩礁《がんしょう》でも占領して、領土だと宣言しますか？」

「はい。それで結構です。そうなさるべきです」

「そ、そんなことでいいのですか？」

石原は、国際法で島嶼《とうしょ》と認められるにはある程度の基準があったことを思い返した。

「はい。もちろん、人が住めるような広さがあるほうがよいのですけれど。そして領土を得たら、そのことを思いっきり宣伝するのです。アルヌスにある『門』の向こう側にも聞こえるように。そうすれば、アトランティア・ウルースは独立国となる。海賊行為も、それは国家としての軍事作戦の一環だと主張できます」

「でも、どうしてそんなことくらいでニホンは手を出せなくなるのですか？」

「それがあの国の法律だからです。あの国は、他国に戦争は仕掛けないと自らを縛る法律を持っているのです」

「しかし、帝国との戦《いくさ》の際には攻め込んできたではありませんか？」

「仕掛けられた戦争ならば、身を守るためなので許されます。また、当時帝国とは国交がございませんでした。従って、国交が結ばれるまでは『外敵』ではありません。この世界自体が、『銀座にある未発見の土地の一部』という扱いでした」

「そ、そうですか……」

「いかがでしょうか？　私の献策は、ご満足いただけましたか？」

レディは納得したのかゆったりと椅子に腰掛け直した。

「ええ、とてもよい示唆《しさ》となりました。早速参考にさせてもらいましょう」

「女王陛下《ハーラム》のお役に立てたのであれば、望外の幸せです。また何か陛下を悩ませることがございましたらご諮問《しもん》ください。私のこの頭脳でたちどころに解決策を捻《ひね》り出してみせましょう」

「お前のような知恵者が、アヴィオンの宰相とはもったいないですね」

石原は声を潜めるとまるで内緒話のように囁いた。

「そうお思いくださったら、陛下のお手元で使っていただいてもよいのですよ？」

するとレディも声を潜めた。

「何かあったらまた尋ねてもよいのですか？」

「はい」

謁見《えっけん》の間《ま》での会話だ。いくら声を潜めていても、周囲の大臣や侍従達の耳に入っている。しかし内緒話を気取ったことで、レディと石原が共謀関係を結んだという錯覚を引き起こさせた。

「ですが、お前はプリムの宰相。取り上げてしまう訳にもいきません。今後ともプリムのため、そして私のために働いてくださいね」

だがそれでもレディは、石原にアトランティア・ウルースに仕えろとは言わなかった。

まあ石原も、最初の一回で上手くいくとは考えていない。

「かしこまりました」

石原は恭しく、余裕綽々《よゆうしゃくしゃく》の笑顔で頭を垂れたのだった。

「黎……」

女王との謁見を終えた石原は、王城船の控えの間で待っていた黎に告げた。

「なんだ？」

「お前、銀座側世界と連絡を取る方法を持ってないか？」

「既にこのアトランティア内の拠点は全て失われていて連絡方法がない。私かお前のどちらかが戻るしかないぞ」

「ならばその時はお前が戻れ。アルヌスなら、まだ向こうとの連絡手段はあるはずだ。そしてこっちで起きていることを伝えるんだ」

「何を？」

「アトランティア・ウルースが領土を得て国家になるってことだ。領土を得たら、そのことを銀座側の世界で思いっきり報道させてくれ。アトランティアはもう海賊として扱えないぞってな」

石原の言葉を聞いて黎はしばし考えた。

このまま銀座側世界に帰るのは吝《やぶさ》かではない。しかし石原をここに一人だけ残していくことには、果てしない不安を感じていた。この男には、中国共産党に忠誠を誓う理由がない。ここに一人残していったら自分の行動原理に従って好き勝手やるに違いないのだ。だから監視をする必要があった。

「ああ、そんなことが目的なら別に戻るまでもないぞ」

「どういうことだ？」

「アルヌスにある、日本の通信社に手紙を送ればいい」

「通信社？　新聞屋のことか？」

「そう。奴らはこちらの情報に餓《う》えているからな、ちょっと囁いてやるだけでいい。任せておけ。そちらは私のほうでやってやる」

黎はそう言うと、羊皮紙を持ってくるよう王城のメイドに命じたのである。


こうして石原は、良くも悪くもレディの記憶にその存在を印象付けることに成功した。

しかし同時に困ったことが起きていた。彼自身には、アトランティア・ウルースでの活動資金がまったくなかったのである。

何しろアヴィオン王国には税収がない。従って、亡命政府には活動費どころか閣僚達に支払う給料だってないのだ。プリメーラすら、レディに養われている状況だ。

もちろんそんなことは、尚書になりたがっていた連中はとっくの昔に承知していた。

つまり彼らは手弁当のボランティアで尚書職を引き受けたのである。

名誉ばかりで権力なんて欠片もない地位に就きたがるのは、金銭など余るほどあるという人間ばかりなのだ。

問題は、石原には彼らのような財力すらないことだった。

黎が秘密拠点から持ち出した金貨や銀貨は、この世界で普通に暮らすならば優に一年は過ごすことが出来る。しかし石原の紛《まぎ》れ込んだ世界は王城であり、交際の相手は貴族や富豪だ。彼らとの付き合いに必要な経費は、単位からして違う。住む場所にしても、日々の食事にしても、衣装にしても、通常の十倍とか二十倍、あるいは百倍のコストがかかってしまう。

これではこの世界を混乱に導くという任務の遂行はもちろん、アトランティア・ウルースへの転職活動すらも難しい。

このままではレディ女王《ハーラム》の計画通り、全ての罪を背負って刑死することになってしまう。

もちろん素直に死んでいくつもりはないが、逃亡は任務を放棄することにもなるので最後の手段なのだ。

「困ったな……」

頭を悩ませた石原に黎が告げた。

「そんなに金策に困っているなら、売官でもしたらどうだ?」

「?」

「地位を金で売るんだよ。お前は宰相なんだろ?」

官位や役職を金で売る。

それは現代日本人の石原にはまったくない発想だった。しかし黎の住まう国では、つい最近までごく当たり前に行われていたという。

幸いにも、プリメーラの宮廷には尚書――つまり大臣しかいない。その下の官職はまるっきり空席なのだ。

そこで石原は、自分が宰相という宮廷を差配する立場であることを利用して、副尚書やら官房長やら次官やらになりたい人間を密かに集めた。そしてその代価を要求したのである。

「プリメーラ様。この者達が、財務尚書の下で働くことになる副尚書候補者でございます。こちらは式部卿《しきぶきょう》、国璽《こくじ》尚書の下で働くことになります」

石原は富豪達を次々とプリメーラに紹介した。

「そうですか。皆の者、どうぞよろしく」

「この者は、アヴィオン海軍の連合艦隊司令長官候補者でございます」

「どうぞご活躍をお願いしますね」

石原から紹介を受けたプリメーラは面白そうに頷く。そして求められるまま、迷ったり戸惑ったりすることなく、片っ端から任命していったのである。

彼女は、あくまでもこれを宮廷ごっこの一種と思っているのだろう。

だが石原はこうやって集めた資金を利用し、王城船の近くに自らの住まいとなる船を確保。そこでアトランティア・ウルース内のコネクションを広げるための様々な宴《うたげ》や催しを開いていった。

もちろん、招待を受けた場合は必ず出席した。

そこに集まっているのは、名ばかりの官位でもよいというような連中でしかない。それでも数が揃えば一定の力にはなる。そんな彼らを集め、ウルース内部に派閥とでも称すべき人脈を築きあげていこうと企図したのである。

ウルースで一、二を争う妓楼《ぎろう》船メトセラ号で開かれた宴会も、そんな石原に取り入って官位を授けてもらいたいという豪商の招待に応じたものだったのだ。

06

「よくぞおいでくださいました」

「お客様、いらっしゃいませ」

石原達が到着すると楼主を先頭に、メトセラ号の娼姫《しょうき》達が勢揃いして迎えてくれた。

「おおっ、すげえ！　美人揃いだな」

見渡せば容姿に優れた様々な種族の美女達が揃っている。

この選《よ》り取り見取りの中から好きな子を選んでよいというのだから、石原でなくとも鼻の下が伸びるところだろう。しかし宴の主催者である老人は満面の笑みで石原の背中を軽く叩いた。

「さあさあ、イシハ様。こんなところで満足していてはいけませんぞ。何しろこの者達よりも更に美しい三美姫が待っておりますからなあ」

「えっ、何⁉　もっと綺麗な娘がいるっていうの？」

「はい、もちろんですよ。イシハ様」

「だから、俺は石原だって」

「そうでした。イシハ・ラ・カンゴー様。ささ、こちらへ」

石原は主催者の老人の案内で早速妓楼の奥へと進んだ。

さすがメトセラ号は妓楼船である。

船内の狭さを感じさせない豪奢《ごうしゃ》な造りで、上甲板《じょうかんぱん》へと上がっていく梯子段も陸の家にある階段のようになだらかだ。

「おいでなさいまし」

そうして上がっていった船尾楼《せんびろう》の広間に、三美姫が待ち構えていた。そして、それぞれの出身民族の習慣に基づいた最上の礼儀で、石原を歓迎する意思を表明する。

「うおっ、これは！」

美人、美麗——彼女達に冠《かん》すべき言葉を手当たり次第思い出しながら、全体的な容姿を下から舐めるように見ていく。

そして胸部のあたりに目玉が釘付けになった。

彼女達のその部位は、衣装なんかではとても隠しきれないほど自己主張に優れていたのだ。しかも前へというよりツンと斜め上を向いている。

「や、やべぇ……最高級の水蜜桃《すいみつとう》が六個」

思わず手をワキワキとさせた。

黎が九十点ならこの三人は間違いなく百点だろう。いや百二十点を付けてもいい。

石原はその内の一人、銀髪の三つ目美女に注目した。

「あれ？　あんた、占い師のところにいた……」

「わたくしには妹がおります。きっとその者のことでしょう。元気にしてましたか？」

「ああ。彼女は妹さんなんだ。もちろん元気だったさ」

「ささ、こちらへどうぞ」

彼女達は一流の娼姫である。普通なら嫌悪感を抱いても当然な石原のあからさまな視線にもまったく動ずることなく、彼を主賓席へと誘ったのである。


「さあさあ、どうぞおかけください」

日本にある、女性が隣でお酌《しゃく》をしてくれるようなお店では、女性は客全てに対応するため必要に応じてくるくると席を移動する。特に石原はそんな店でも女性から放置されることが多く、あまり良い思いをしたことがない。とはいえ今回は主賓であるから当然、三美姫の内一人くらいは石原の傍らに常駐してくれるはずであった。いや、常駐してくれたらいいなあと期待していた。さすがに他の二人は他の客に付いてしまうだろうなと小市民感覚の石原は諦めていたのである。

ところが石原の予想に反し、紅色の入れ墨と褐色の肌が艶《あで》やかなリュリュと、黒真珠色の肌を持つミッチは、石原を挟むように腰を下ろしたのである。

「え、おっ……ふ、二人とも？　いいの？」

「もちろんですとも。イシハ様が本日の主賓なのですから」

おかげで石原の視線は、リュリュとミッチに引っ張られて左右眼振《さゆうがんしん》のようになってしまった。

「リュリュだ」

「ミッチでありんす」

「うわっ。二人とも、すんげえ美人」

そんな石原の感想を聞いて主催者の豪商が笑った。

「こちらのメトセラ号は、ウルース一番の伝統と格式を誇る妓楼でしてな、三美姫ありと世間に知られております。その三人がリュリュ、ミッチ、そしてこちらのセスラです。それがしはこのセスラ目当てに長いこと通いまして、最近ようやく馴染みとなりました」

三つ目美女はそう紹介する豪商の傍らに腰を下ろした。

「な、なるほど、普段から贔屓《ひいき》しているお店なら、ボられたりする心配もないですもんね」

石原は庶民的感覚丸出しの発言をして豪商にまた笑われてしまう。

三美姫の内一人と遊ぶだけで庶民一年分の年収が吹っ飛ぶことを、この男は知らないのだろうと思われたのだ。

「宰相閣下はこういう店では遊ばれないので？」

「ええ、黎の奴がうるさいので」

「しっかり者の妻を持ちますと、何かと苦労いたしますなあ」

「ええ、まあ……」

石原は口を濁す。

別に黎を妻として紹介した訳ではない。しかし一緒の輿で迎賓船に連れ込んだせいで周囲からはそのように思われていた。

「私の妻もしっかり者というか、吝嗇《りんしょく》でしてな……」

「主様、このような場で奥様のことを口にされるのは無粋《ぶすい》ですわ」

するとセスラがむくれたように唇《くちびる》を尖らせた。

「そうだったな。すまないすまない。機嫌を直しておくれ」

豪商の老人は大慌てでセスラの機嫌をとる。

このような場でさらっと見せる細《ささ》やかな嫉妬が、自分を可愛く見せ、男心をよく惹きつけるのだと彼女は知っているのだ。

「ささ、宰相様。どうぞ……」

セスラが石原の前に進み出て杯を差し出す。すると右からリュリュが石原に杯を持たせてくれた。

「お、おお、ありがとう」

何もかも美女が細《こま》やかに気遣ってくれる。その快適さに戸惑っている間に、石原の杯にセスラが酒を満たしていった。

続いて他の客の杯にも、セスラが酒を注いでいく。

みんな豪商と同じように、金はあるので名誉が欲しいという年寄り達ばかりだ。

そんな連中に対しても、一人に一人ずつ三美姫とまではいかずとも美しさでは引けを取らない娼姫達が傍らに付いている。だが最初の一杯だけは、主催者が贔屓《ひいき》にする娼姫――つまり豪商が熱心に通ったセスラが注ぐというのがこの手の祝宴での習わしらしい。

みんなに酒が行き渡ったのを見ると豪商の老人が告げる。

「では、プリメーラ陛下。そして宰相閣下に乾杯！」

するとすかさず石原が立ち上がった。

「そしてアヴィオン王国の新たなる『紋章長官』閣下に！」

石原のその言葉で、豪商の老人は自分がどのような官位を手に入れたのかを初めて知った。

彼はこの名誉を手に入れるためだけに、金貨の詰まった箱を何個も石原の船に運ばせたのだ。その甲斐があったというものであろう。

「おおっ！」

「素晴らしい。紋章長官閣下！」

「おめでとう、紋章長官！」

相伴《しょうばん》する形で集まってきた、豪商の友人達も祝福した。

もちろんこんな形での叙任《じょにん》だ。純粋な意味での祝福などありはしない。あるいはもしかしたらどこかには存在しているかもしれないが、大部分が嫉妬を追従の笑顔で覆い隠した、飾られた言葉でしかないのだ。

しかしそれでも豪商は満足そうだった。内実がどうあれ、表向き美しければそれでよしという達観は、年寄りの特権なのかもしれない。

こうして宴は豪商の紋章長官内定の祝いという意味も加わって、より盛大に行われた。

女達の歌や踊りが披露される。華やかな雰囲気に場はたちまち盛り上がっていった。

三美姫が揃って身をくねらせる舞踊《ぶよう》には、石原も身を乗り出して見入ってしまった。

ベリーダンスにも似た感じの妖艶《ようえん》さにうっとりしてしまう。

だがこの宴で石原を最も驚かせたのは料理であった。

「こ、これは……」

「どうです？　お気に召しましたか？」

「ああ。確かにこれは美味《うま》い」

この日、宴の席に並べられたのは、銀座側世界の、おそらくは間違いなく日本の料理だったのである。


石原はなんだかんだ言いながらも特地の国々……特にアトランティア・ウルースという国を気に入っていた。

四六時中海のうねりに揺すられて、天候が荒れれば右へ左へと波に煽られ、酷い時には船酔いに襲われる。黎なんかは未だに船酔いに見舞われ、ゲーゲー吐いていたりするほどだ。

しかも棲《す》んでいる奴らはほとんどが海賊なので、モラリティにも欠ける。

騙されたり襲われたりしないためにも、相当抜け目なく振る舞わないといけない。

けれどそのせいか、日本のように何もかもが窮屈《きゅうくつ》なレベルでガッチリ固まっていないのだ。

あらゆることがいい加減で当てにならないが、逆に言えばやりたいことをどれだけやっても文句を言われない余裕がある。何でもやれる余地が大きく存在していた。

「俺に任せてみろ、そうしたらきっと上手くやれる」

そう言えることが、どれほど胸をワクワクさせてくれることか。

多少の失敗は恐れず何でも出来る。ちょっと目端《めはし》の利く男ならば、たちまち成功者になれる。ここはそんな世界なのだ。

しかしながら不満に思うこともあった。

それが食事だ。

決して不味《まず》い訳ではない。薄い塩水に漬け込んで発酵させた魚なんかは、癖のある匂いこそあるが味は悪くないのだ。

ただ問題は、こちらの料理人はその匂いを消そうとして、香りや刺激の強い香草や香辛料をたっぷり使ってしまう。それがために料理に繊細さが欠けるのだ。

　しかしこのメトセラ号で出てきた料理は違っていた。

　この世界で手に入る素材を使いつつも、欠点となる臭みを上手に消し、見事な料理に仕立て上げていたのである。

　迎賓船の宴会で出された料理もなかなかに美味かったが、ここの料理人が作った料理はそれに輪をかけて繊細で、豪胆で、素材の味を生かし尽くしていた。

「まさか……料理人は日本人か？」

　疑念が湧いた理由はその繊細さと、とある味だった。

「醤油の味がする」

　そう、味付けに醤油が使われていたのである。

　石原が特地で暮らすようになって何年も経つが、醤油はアルヌスで営業している日本料理店以外では見たことがなかった。

「どうです？　素晴らしい料理でしょう。お気に召しましたか？」

　豪商があたかも自分のことのように自慢する。

「ええ、これは美味いですね」

　東京にいた頃——もちろん金銭に余裕があった訳ではないから、女の子に見栄を張りたい時ぐらいに限られていたが——時々赤坂や六本木にある和、洋のレストランに足を運んだことがある。今回彼の前に並べられたものは、そこで味わった料理に匹敵《ひってき》していたのだ。

「最近入った料理人が実に優秀でしてね、今ではこの料理目当てに通ってくる客もいるという話です。なあ、セスラ？」

するとセスラは、はんなりにっこりと微笑んだ。

「ええ、そういうお客様もいるようですね」

すると、猫耳の娼姫が唇を尖らせた。

「うちら女よりも、料理がいいだなんて口惜《くや》しいニャ」

「なら、負けないようにせいぜい頑張らないとね」

すると揶揄《からか》われた猫耳娼姫が、頬をぷくっと膨らませた。

それを見て女達はコロコロと鈴を鳴らしたように笑う。

釣られて客達も笑った。

石原もその空気に合わせて楽しそうに笑う。しかし内心は気もそぞろだった。

この料理を作っているのがどんな人間なのかが大いに気になっていたからだ。

日本人、あるいは銀座側世界の料理人に間違いない。

あり得ないとは思わない。自分がこうして特地に来て活動しているのだから、他にもそういう人間がいたとしてもまったくおかしくないのだ。

　これまで出会わなかったことのほうが不思議なくらいだ。

「一体どんな料理人なんだろう？」

石原が呟くと、傍らに座っていたミッチが言った。

「料理人を、ここに呼ぶでありんすか？」

この店では料理人を呼ぶと挨拶をしてくれるらしい。

他の店にはない習慣だが、銀座側世界では珍しいことではない。それを聞いた石原は、ますますこれは銀座側世界の人間だという確信を強めたのである。

「是非呼んで欲しい。こんな凄い料理を作る者の顔を見てみたいんだ」

石原の脳内は、この料理人の手を借りればこんなこともあんなことも出来る、というアイデアでいっぱいになっていた。


「司厨長……お客様が来て欲しいそうです」

給仕の一人が厨房に報せてきた。

その時、徳島《とくしま》は食後のデザートをアントルメとして盛り付けているところであった。

今回の宴は、格別の料理で大物を接待したいという常連客の要望であったため、徳島自ら作業をしていたのである。

「ちょっと待っててくれる？」

あと少しで完成というタイミングだったので徳島は待ってもらおうとした。

創作の集中力は、まとまった時間を連続させて初めて効力を発揮する。途中で止めて、しばらく時間を空けて再開しようとしても、同じ力を発揮できるとは限らないのだ。

「出来るだけ急いでください。待たせたら叱られてしまいます」

「なに、そんなに偉い人なの？」

徳島はクリームを盛りながら尋ねた。

「ええ、なんでも接待のお客様は、アヴィオン王国の宰相様だとか……」

「アヴィオン王国？」

徳島はアヴィオン王国なんてものがこの特地世界に存在しないことを知っていた。その王室最後の生き残りがプリメーラなのだから。

しかしアヴィオンの宰相を名乗る人物がいるのなら、それはプリメーラに繋がる手がかりであるとも言える。

「そりゃ、急がないといけないね」

徳島は作業途中で手を止めた。そして気合いを、創作モードから任務モードへと切り替えたのである。

「お客様。司厨長です」

徳島は宴席を訪ねると、帽子を取って頭を下げた。

「本日はおいでくださり、誠にありがとうございました。料理はお口に合いましたでしょうか？」

すると常連客の老人は、「いやあ、今日も大変美味しかった」と答えつつ、宴席の上座にいる人物に徳島を紹介した。

「イシハ様、こちらがこのメトセラ号の司厨長トクシマです。司厨長、こちらにおわすのはアヴィオン王国宰相のイシハ・ラ・カンゴー閣下だ」

徳島は目の前にいる人物を見て即座に理解した。

この男、日本人だ。そして絶対に徳島とはそりの合わない人物だとも思った。きっと私的な交流では、磁石の同極のように反発し合うしかない。そんな印象だった。

しかし二人は互いに互いの顔を真っ直ぐ見ていた。

「あんたが料理長か？」

「そうです」

日本語で問われた瞬間、どうすべきか迷ったが、日本語で答えることにした。

「やっぱり日本人だったか。こんなところに日本人がいるとは驚いたな。あんた、どうしてここで働いている？　これほどの腕前だったら、東京のどこで店を構えたって繁盛させられるだろうに？」

石原は徳島に問いかけた。

徳島は咄嗟に即興で答えた。

「向こうでなら成功するって分かっているからです」

「え!?」

「銀座とか赤坂とか……そのあたりで店を開ければ、お客様のおっしゃる通り、俺はきっと成功するでしょう。でも、それじゃあ詰まらないって思ったんです。こっちの材料を使って、誰もが、そう……俺自身すら想像できないような美味いモノを作りたい。そう思ったんです」

徳島はスラスラと語った。

それは、これまで考えてすらいなかったことだった。

しかしその言葉は妙にしっくりときた。これまで気が付かなかった自分の本心が、きっかけを得てさらっと口から出てきたと思えたのだ。

するとと石原は大きく頬を歪《ゆが》ませた。笑みを浮かべたのだ。

「あんたもか？」

「はい？」

「俺も日本で平凡に生きるのは詰まらないと思った。何て言えばいいのかな？　先が見えちまうんだよな。そしてそういうのは性に合わないって思った。で、紆余曲折《うよきょくせつ》を経て、今では特地のこんな果てにある国に来たって訳だ」

「今はこちらで宰相なんでしょう？　おめでとうございます。ご出世しましたね？」

「アヴィオン王国なんてものに実態がないことは、あんたも知ってるだろ？」

「え、ええ……まあ」

「だがな、俺はそのままでは終わらんよ。この地位を踏み台にして、もっと大きなことをやってやるつもりだ。何しろ、アトランティア・ウルースの王城に出入り自由の身なんだからな。レディ女王《ハーラム》にもいろいろと進言できる立場だ」

「何をするつもりなんですか？」

「もちろんでっかいことだ。天下でも獲ってみようかなあ。はっはー！」

「もしかして、あなたは前世が豊臣秀吉《とよとみひでよし》とかじゃないですか？」

「んな訳あるかい！　けど、憧れはあるなあ。俺はいろいろなことをしたいんだ。とりあえずはプリメーラ王女殿下の戴冠式を成功させたい。そのためにはあんたの手助けが必要だ。是非手を貸してくれ」

「戴冠式で手を貸せとは、一体何を？」

「各国の使者を招いての祝賀午餐会《ごさんかい》の料理だ。それをあんたにやってもらいたいんだ」

石原はそう言って徳島ににじり寄ったのである。


徳島は調理場に戻ってくると、一心不乱に料理を始めた。

客達に出す食後のアントルメを完成させると、野菜の皮を剥《む》き、細かく切っていく。肉を捌《さば》いて小さく切っていく。

その手際と勢いに皆が圧倒されていた。

「し、司厨長は一体どうしたんだ？」

前司厨長のカイテルが若い料理助手に尋ねる。

「さ、さあ」

料理人達は徳島を遠巻きに見ているだけだった。

すると給仕から戻ってきた江田島《えだじま》が嘆息した。徳島は何か興奮するような出来事に遭遇するとこうなることがある。意欲が溢れてきて、料理しないではいられなくなってしまうのだ。

「徳島君。一体どうしたんですか？」

周囲に会話を聞き取られないよう日本語で問いかけた。

すると徳島は包丁仕事をしながら答えた。

「統括！　驚きました。実は日本人が宰相をしていたんです！」

徳島から報告を聞いた江田島は、僅《わず》かに眉を上げる。

「日本人ですか？」

「そうです」

このアトランティア・ウルースに、アヴィオン王国の亡命政府が作られた。もちろんそんなものはレディが傀儡《かいらい》として作らせたものだ。しかしその宰相が日本人だったというのである。

「明治期の日本も、御雇《おやとい》外国人というのがいましたから、余所《よそ》の国の政府で外国人が働くのは別に変なことではないといえます」

そして銀座側世界の人間が特地の国々に雇われて働くことそのものも、条約違反でも何でもない。条約で禁止されている技術の移入さえしなければよい。

日本側には、異世界という新しい環境で自分の力を試したいと願う者がいる。

そして異世界側でも人材を求めている。

こうした事態も遅かれ早かれあり得ることだったのだ。

実際、帝国では既に日本人が働いていると聞く。

料理人、菓子職人、あるいは服飾デザイナーといった文化方面で、帝国の貴族達に雇われる者がぽつぽつと現れている。その現象がこの海の果てでも起きているだけなのだ。

「ただ、政治方面で採用される者がいるとは思いませんでしたけれど」

その事実は、江田島や徳島の活動がこれまで以上に難しくなることを意味している。

「いっそのこと、その者に全てを話して協力を求めてはどうなのじゃ？　同じニホン人なのであろう？」

そこへメイベルもやってきて提案する。

「いえ、かえって危険です。特に海外では、同じ日本人だからという理由で信用してしまうのはやめておくのが無難です。彼がこの世界で何をしたいのかは分かりませんが、我々を目的のための手段として利用し、用がなくなれば犠牲にすることも躊躇《ためら》わないと思っておかないと」

「はい、石原という男を見ていて俺もそう思いました。あれは他人を使い捨てに出来る奴です」

徳島が悪口に近い言葉で断言するのを見て、江田島は片眉を上げた。

「ふむ。その人物と徳島君の間で、アンティパシーが働いたようですね」

「はい？　アンティパシー——ですか？」

「シンパシーの逆です。直感というか、第六感が囁く敵対的感情です。きっと相手のほうも徳島君に対して似たような感想を抱いたはずですよ」

「そうですか？　そのわりには結構友好的で、戴冠式の料理でも協力を求められましたけど……今作っているのはその試作品なんです。これで王城船に乗り込んでいけますよ！」

徳島は料理を皿に盛り付けた。

見ているだけで唾液が溜まってきそうな海鳥のソテーだ。

これを徳島は、まかないメシとして料理人達、そして給仕達に振る舞った。徳島も江田島もメイベルも、そしてオデット、シュラも戻ってきてテーブルを囲む。

「だったらなおさらタチの悪い相手です。敵意を隠して友好的に振る舞える狡賢《ずるがしこ》い存在だということですからね。徳島君、決して油断なさらないようにしてくださいね」

「はい。了解」

徳島は頷く。そして皆での食事が始まったのだった。

＊　　＊

石原が妓楼船メトセラ号から、黎の待つ家ならぬ船に戻ったのはその翌朝遅くであった。

「石原、朝帰りとはお前もいい身分になったもんだな」

「そりゃ宰相様だからなあ～」

いわゆる午前様となった石原を、黎はじっと睨み付ける。

何の連絡もなく一晩帰ってこなかったのはこれが初めてだっただけに、黎はそれなりに心配したのだと語った。

「おかげで私は一晩中眠れなかったじゃないか！」

その言葉を聞いて石原は破顔した。

「おいおい、参ったね。黎が俺のことを思って眠れない夜を過ごすだなんて。つまり俺に惚れてるってことだな？　気が付かなくって悪かった。さあ、胸を揉ませろ！」

石原はそう言って手をワキワキとさせた。

すると黎は右の平手を一閃させる。石原の側頭部から乾いた打撃音が鳴った。

「痛《い》ってえ、何しやがる！　それが愛する男に対してすることか！」

「誰が貴様を愛していると言った⁉　勘違いするなよ！　私はお前がついに処刑されたかと思ったんだ。お前は、レディがやらかしたことを一身に背負って処刑されることが予定されているだろうが！」

「そ、それはそうだけど。だからそうならないよう努力してるんじゃないか！」

「問題は、処刑がいつになるかまったく分からないってことだ。事の性質上、事前に予告があるとも思えんし、何の連絡もないまま帰って来なかったら心配するのも当然だろうが！」

「確かに。俺を愛していれば心配するのは当然だな。さあ黎、胸を出せ。たっぷり揉ませろ」

「だから！　お前のことなど少しも心配しとらん！」

今度は黎の前蹴りが石原の腹部を襲った。

さすがの石原も、これを受けると腹を押さえて跪《ひざまず》いてしまった。

「うぐぐ……」

「いい加減にしろ！　こちらのような未開社会じゃ、罪を犯した当人ばかりでなく、一族郎党も巻き込まれて処刑ってこともあるんだぞ⁉　私はお前の妻だと思われている。

連座させられる筆頭の立場だろうが！」

石原はようやく黎の主張を理解した。

黎は、彼女自身の身を心配していたと言っているのである。王城船差し回しの処刑人がいつやってくるか、気が気でない一夜を明かしたのだ。

「だったら逃げればよかったのに」

「お前の安否も確認していないのにそういう訳にいくか!?」

その一言に石原は、小さく笑った。

散々我が身のことしか案じていないと言いながらも、結局は石原のことも心配していたのである。

「さあ言え。昨夜何があった？　詳しく報告しろ！」

「く、分かった。分かった分かったから」

石原は黎に襟首を捩《ね》じり上げられたまま、メトセラ号での出来事を語った。

「ほほう、妓楼船か」

「ああ。黎が薦めてくれた売官が、思った以上に繁盛していてな。その接待という奴だな」

「つまり娼姫と一晩中いいことをしていた……と？」

「う、うむ。せっかくの接待だからな。断るのも変だろ？」

「そうかそうか、それはよかったな。で、どうだった？　こっちの女の味は？」

「そりゃもう最高だったぜい。俺についたのはミッチっていう三美姫の一人なんだが、スタイルが抜群でな。しかも胸の大きさ、張り、形状の全てが超一級品ときている。それでいて誰かさんのように顔が残念ってこともない。何でも軟体系の亜人種とかで、ぬめぬめねとねとと姿形が自在に変えられるんだよ。おかげでもうあっちの具合が最高で……あ、やべ、空っぽのはずなのに、思い出しただけで勃《た》っちまった」

石原はその場にその女がいるかのごとく語りながら、何を想像しているのか中空で両手をワキワキとさせた。

黎は頭痛を堪《こら》えるように頭を押さえる。そして深々と嘆息した。

「だ、誰がそんなことを詳しく描写しろと言ったか！」

「分かった、分かったから」

こうして石原は、散々殴られた後に、ようやく徳島という日本人料理人と遭遇したことを語ったのである。

「日本人だと？」

「そうだ」

　黙って耳を傾けていた黎は、石原が全ての説明を終えるのを待ってから口を開いた。

「分かっているだろうな？　そいつは明らかに間諜《スパイ》だぞ」

「もちろんだ。日本はアトランティアの活動を海賊として取り締まっている。そしてそのアトランティア・ウルースに日本人がいる。これでどうして無関係だと思える？　日本政府の関係者でなくて、誰がこんな異世界の奥地までやってくる？」

　石原は、徳島と目が合った瞬間に抱いたある種の嫌悪を思い出した。

　この男とは生涯相容れないだろうと思われる何かが反発したのだ。そしてその感覚が囁いた。こいつは政府の犬だぞと。

「分かっているのなら、どうして戴冠式の料理を任せようなどと考える？　その男は遠ざけるべきだろう？」

「レディ女王《ハーラム》に、俺を殺すより使ったほうが得だと思わせるには、戴冠式をただ成功させるだけでは駄目だからだ。俺の力で大成功させせなければならない。そのためには奴の技術が絶対的に必要なんだ」

「だが相手は間諜だぞ」

「それで何か問題があるのか？」

「あるに決まっている。我々のことを日本に知られて、どうして問題ではないと思えるのだ？」

「黎。お前の言う『我々』とは一体誰のことだ？」

「もちろん、中華人民共和国から派遣されている私と現地補助員の貴様のことだ。我々がこういう形で活動していると知られたら……」

「お前が徳島に北京語でペラペラ喋りかけたら確かにそうなってしまうだろうな。しかし奴らにお前の存在を教えなければどうだ？」

「なるほど……。そういうことか」

黎はそこでようやく石原の言いたいことに気付いた。

日本人である石原が前面に出て活動している限り、日本政府は石原の背後に誰がいるのかを知る機会はない。日本人石原が勝手にこの国にやって来て、勝手に個人的に活動している。そういう扱いになるはずなのだ。

「それはつまり、私に引き籠もっていろということだな？」

「休暇とでも思ってのんびりしていればいいさ」

「しかし常時監視されていては、お前もやりにくくならないか？」

「別に。見られてようが何しようが、俺は俺のやりたいようにやる。もちろん、いざとなったら逃げればいい。これまでの苦労は台無しになるけどな」

「ふむ。分かった……そこまで考えてのことならいいだろう」

「黎が理解してくれてよかったよ。ということで、その料理人のこともあるから、俺はこれからも妓楼通いを続けるからな」

石原は徳島のことよりも、メトセラ号通いを禁止されずに済んだことに安堵した。そしてミッチの肌の感触を反芻したのか、ニヘラと鼻の下を伸ばした。

「なにしろ柔らかくて張りがあって……」

そのだらしなく緩んだ顔を見た黎は、石原が何を考えているのかを正確に洞察した。そして男ってホントにどうしようもないな……と深々呆れ果てたのである。

07

徳島と江田島は、その巨体を見上げると、奈良や京都の伽藍《がらん》を見た時のような畏怖《いふ》心を覚えた。

「ここが王城船です……か」

いよいよ敵の本拠に乗り込むことになったのだ。

「やっぱりでかいですね。木造なのに」

「これだけの巨船の材料に出来るような木材は、この世界だからこそ手に入るのでしょうね」

戴冠式の祝賀会で供するメニュー案を十通りほども石原に提出したら、メトセラ号の楼主宛にメニューの試食をしたいから料理人を王城船に派遣しろというお達しがあった。

メトセラ号の楼主は、これは大変な名誉だと喜んだ。

自分の船の料理人が戴冠式祝賀会の料理を任せられたとなれば、花街一番の座を取り戻す大きな武器になるからだ。

祝賀会と同じ料理を出すサービスをすれば、物見高い連中が押し寄せてくるに違いない。

そこで楼主は当然のように自らも付き添って参内《さんだい》し、レディ陛下に料理の説明を行うと言い張った。

しかし今回ばかりは料理人と助手一名に限る。楼主は遠慮せよと命じられてしまった。

試食用の料理を作るだけならその人数で十分だからだ。

当然、シュラやオデットの同行も、いかなる名目でも認められなかった。徳島としては江田島を助手の名目で連れていくのが精一杯だったのだ。

「ハジメ……頼むのだ」

オデットが縋《すが》るような表情で後のことを託してきた。シュラも悔しそうだ。しかし二人には賞金が懸けられている。この段階で危険を冒《おか》させる訳にはいかないのだ。

「二人の出番は、プリメーラさんを救出する時だよ。それまでは我慢して待機していて欲しい」

「分かったのだ」

「うん。了解したよ」

二人の軽快な返事を受けると、徳島と江田島は王城船へと向かったのである。

王城船は厳重な警備態勢下にあり、三重のチェックを受けてから二人は通用口を経て内部へと入った。

パウビーノ強奪がよっぽど懲《こ》りたのだろう。荷物はもちろん、着ている服の下にも怪しいものを身に着けていないか、全てが検《あらた》められるという厳しさであった。徳島は使い慣れた包丁などの道具と、こちらでは手に入らない調味料を抱えていたのでこの通過に時間がかかってしまった。

おかげで侍従次官のセーンソムと名乗る男が少しばかり苛立った表情で待ち構えて

いた。

「遅いぞ！　貴様達が料理人トクシマとエダジマだな？」

「はい」

「付いて参れ」

徳島が頷くと、二人は真っ直ぐ王城船の調理場へと案内された。

セーンソムは道々で語った。

「料理人。貴様の菜譜《メニュー》は全て読んだ」

「お気に召していただけましたか？」

「全部で十四皿……ほとんど分からなかった。その中の幾つかはイシハ宰相が以前食したことがあるそうで、どれほど美味い料理であったかを、外見から舌触り、食した後の幸福感まで事細かに語ってくれたのだが、結局分からなかった」

「そうでしょうね」

徳島は苦笑を押し隠した。

いくら言葉で説明しても、食べ物の味など食べてみなければ分からない。

話し手に技術があって、外見や舌触り、歯ごたえを克明にイメージさせられたとしても、聞き手の食欲がかき立てられるばかりで腹が満ちることは決してないのである。

だからこそ徳島は、十四種ものメニューを提出した。きっと王城に呼ばれることになるだろうと期待して。今回はその計略がまんまと嵌《は》まったのだ。

「そこでお前達には、提案した料理の全てを試しに作ってもらいたい。今日はそのために来てもらった。プリメーラ様の戴冠式で饗《きょう》する料理の出来不出来は、アトランティア・ウルースの威信が懸かっているからな。全てをイシハ宰相に任せる訳にもいかないのだ」

「賢明なご判断です」

「今日はレディ陛下、プリメーラ殿下、そして大臣達、無論わたしも試食する。要求された材料は全て用意してある。何をどれだけ使ってもかまわない」

「助かりますが、よく短期間のうちに材料が揃いましたね。陸の国々と交易が上手くいってないって聞いてるんですけど」

最近、店でも仕入れに負担がかかってきている。アトランティアという国の置かれている状況がじわじわと食卓に反映されつつあるのだ。

「他国が幾ら港を閉ざそうとも、略奪すれば済むだけの話だからな。本番の戴冠式も、準備期間はまだ一ヶ月以上ある。菜譜が決まれば、あちこちから略奪して準備をさせるぞ」

「そ、そうですか……」

物資の調達手段に略奪という言葉が普通に出てきてしまう。さすが海賊国家だと徳島はドン引きした。

「それと、今のうちに言っておくが、今回はもう一人料理人を呼んでいる」

「もう一人？　俺達だけではないのですか？」

「当然だろう。プリメーラ様の戴冠式の料理を作るという名誉ある仕事を、誰かの推薦というだけで決定できるはずがない。ダラリア号の料理人を推す者がいたので、今日はその者と競ってもらいたい。さあ、ここが厨房だ」

　セーンソムの言うダラリア号の料理人が誰かはすぐに分かった。

　そこには、かつて徳島と料理対決を繰り広げたパッスムがいたのである。


　徳島を真似たのか、白いコックコートに身を包んだパッスムが愛想笑いを浮かべて言った。

「まさかお前達が相手だとは思わなかったよ」

　徳島は、そんなパッスムを無視するかのごとく王城船厨房の機材を調べていった。

　王城船の厨房は設備が整っていてよい器具が揃えられていた。

もちろんコンロなどは、ガスには到底及ばないだろう。しかし使いやすそうに手入れされていたし、調理台にしてもシンクにしても徳島が望むような大きさと造りになっていたのだ。

「うん、まな板も綺麗だ」

多分、分厚い木材を削りながら使っているに違いない。ついさっき鉋《かんな》をかけたかのように包丁跡もないのだ。

そして調理場の四隅には近衛の兵士が立っていた。

ここで料理されたものは、女王をはじめとした王族、大臣達が食すことになる。当然、彼らが口に入れる前には毒味もするのだが、調理場でもこうして見張りを立て、料理人が不届きなことをしないか監視するのだろう。

「トクシマ、お前がメトセラ号の司厨長なんだって？　実は俺はダラリア号の司厨長をやっているんだ。つまり俺達は、メギド島での料理対決の続きを、このアトランティアの色街で延々とやっていたって訳だな」

現在、妓楼船ダラリア号とメトセラ号の一位争いはほぼ拮抗《きっこう》状態だ。それがパッスムにとっては嬉しいらしい。以前負けた相手と互角に戦えていると感じるからだろう。

「そう？　俺は薄々あんただと気付いてたけど」

「そうか？　やっぱり分かるか？」

これまたパッスムは嬉しそうだった。自分をライバル視しているような徳島の言葉に、自尊心をくすぐられたのだろう。

「技術を他人に教えるのをケチってるところとかが、いかにもあんたらしいって思ったよ」

「仕方ないだろう？　これだけの技術を得るのに、どれだけの時間と苦労を重ねたか……それをただで他人に教えるなんて俺には出来ないんだ」

パッスムはこのウルースに来てからの苦労を切々と語った。

パウビーノ騒動の際、海賊ドラケ・ド・モヒートがアトランティア海軍から離反しようとしていたことを、パッスムは密告した。その褒美として、迎賓船の料理人として採用されたという。

そこまではよかったのだが、迎賓船の料理人達は一種独特な階層社会を形成していた。そこでは、どれだけ力があろうと新参者のパッスムには実力を発揮する機会は与えられなかった。それどころか、逆に彼がこれまで苦労してかき集めたレシピを差し出せと要求されたのだ。

そんなものに素直に応えていては全てを奪われてしまう。そう思ったパッスムは、仕方なくせっかく勤めはじめた迎賓船を辞めた。そしてダラリア号へと移ったのである。

「そうですか。ふむ、技術や知識を無料だと思うのは我々の悪い癖かもしれませんねえ」

江田島は言った。

「そうだろ？　流石だな、あんた。道理ってものを分かってる。なのに奴らと来たら……」

パッスムは愚痴を零《こぼ》した。

そんな間にも、徳島は道具を調理台に並べ、食材を選んで準備を黙々と進めていった。

「ま、とにかく今日はよろしく頼むわ」

「よろしくとは一体何をです？」

徳島が下拵《したごしら》えに取りかかったので、江田島が尋ねた。

「前のことは水に流して、堂々と味比べ腕比べをしようじゃないかってことさ」

すると徳島はパッスムをジト目で見据えながらようやく口を開いた。

「水に流すなんて無理ですよ。あんたの人柄が分かってしまった今は、ますますね……」

「そうですね。今日もこちらの隙を見て、鍋に泥を入れるだとか、他人の作った料理に毒を忍ばせておいて、要人暗殺を狙っていると密告するぐらいのことをしかねませんからねえ」

江田島の言葉が聞こえたのか、調理場の警護兵達が目を剥いた。

するとパッスムは両手を挙げて抗議の声を上げた。

「そ、そんなの、ちょっとした悪戯《いたずら》じゃないか！」

「ちょっとした悪戯で済むことではありませんよ。今回のお客様は、王族であり、政府の高官なのです。そんな真似をしたら、暗殺未遂の容疑で首が飛ぶくらいでは済まないかもしれないのですよ！」

「そ、そりゃそうだけどさ」

「本日は、我々の食材や鍋には近付かないでいただきたい」

江田島は調理場の隅にいた見張りの兵士達を呼び寄せた。

もともと彼らは、料理人が不埒な真似をしないか見張るためにいる。そのため江田島の言葉に素直に応じてパッスムと徳島達の間に立ったのである。

「せっかくここの厨房は広いんだから、向こうでやって」

徳島はそう言って、離れたところにある調理台を指差す。

パッスムは傷付いたように鼻を鳴らした。

「な、なんだよ。お前らそういう冷たいこと言う訳？　いいよ、そっちがそういう態度ならこっちにだって考えがあるから。俺だって今日は負けないからな。どんな手を使ってでも勝ってやる」

パッスムはそう言うと、調理台に向かって料理の下拵えを始めたのだった。


試食会が始まった。

「ダラリア号側の料理は、『ラギタと脳のパティーナ』でございます」

「メトセラ号側の料理は、『ランラック鳥の温製パテ・トリュフ風味』です」

それぞれ食堂のテーブルに並べられた。

今回の試食会では、たくさんの料理が出されることになる。そのためきちんと一人前の皿として出されるのは一つだけ。あとは細かく切って、まるで摘《つま》み食いするように味を確かめられる形になっていた。

それをレディ女王《ハーラム》やプリメーラ、大臣達が食して優劣を付けるのである。

「こ、これは……」

プリメーラは、料理を一口食べると動きを止める。そして陶酔《とうすい》したような表情となった。

「素晴らしい」

大テーブルを囲む貴賓達も口々に賞賛している。もちろん、レディ女王《ハーラム》も絶賛の言葉を惜しまなかった。

「ダラリア号の料理も素晴らしいですが、メトセラ号の料理はそれ以上に素晴らしいですね。イシハ！　こんな料理人をどこで見つけてきたのです？　このような料理人なら我が王城の厨房も任せたいぐらいです」

「実のところを申しますと、まったくの偶然でして……」

石原は徳島との出会いを簡略化して伝えた。

「つまり、城下で一位二位を争う料理人なのですね？」

「はい、料理のことにしか関心のない流れ者です。女にだらしない男ですので、妓楼で料理をしているのが一番似合っています」

石原はレディの中での評価が高まらないよう出来る限り悪評を混ぜた。

あまり女王《ハーラム》に関心を持たれると困るからだ。徳島の技量は石原だけが使えるという状況が望ましいのである。

だがレディは石原の意図に反して強い関心を抱いてしまった。

「しかし、どれほどぐだらない男だろうと、これだけの腕前を持つ者を市井《しせい》に置いておくのはもったいないことです」

すかさず内大臣のオルトールが囁いた。

「召し出して仕えるよう命じますか？」

レディの宮廷にいるこの男は、主の意向を読んでその通りに実行することに長《た》けている。その才覚だけで内務大臣に取り立てられたと言っても過言ではない。

「お待ちください、陛下！」

石原は慌てた。

「イシハ。あなたの言いたいことは分かっています。この男をプリムのお抱え料理長にと考えているのですね？　しかしこの者に相応《ふさわ》しい厨房は、アトランティアの王城船だとは思いませんか？」

すると、侍従次官のセーンソムが眉根を寄せた。

「陛下。お言葉ながらそれはいかがでしょう？　戴冠式といった特別な催しのために市井の料理人を使うのはよいですが、毎日女王陛下《ハーラム》のお口に入る食事を作らせるとなりますと、技量だけでなく、人格や家柄もよく検討しなければなりません。どこの馬の骨とも分からぬ者を引き入れて、万が一のことがあったら大変ですから」

「そ、そうですとも」

石原も素早くセーンソムの言葉に同意した。

「万が一とは、毒を盛られたりということですか？」

レディが眉を顰《ひそ》めた。

「言の葉に載せることすら恐れ多いことですが」

「……」

レディは不満そうに口を噤《つぐ》んだ。

実際レディの立場では、そうしたことを恐れ、慎重にならなければならないのは確かなのだ。

だがそのために毒味役がいるし、調理場にも見張りを立たせている。

とはいえ暗殺者も、その警戒網をすり抜けようと努力してくる。

何度も何度も挑戦する機会を与えていては、いずれ警戒網を破られる事態にもなりかねない。そうなれば、死ぬのはレディなのだ。

その確率を減らすには、素性の分からない料理人、心がけの悪い料理人は避けなければならない。

「惜しいですね。とても惜しく思います」

「陛下。もう一人の料理人はいかがでしょう？　ダラリア号の料理も決して捨てたものではありませんぞ」

セーンソムは、パッスムを推薦した。

「確かにダラリア号の料理人も美味しい料理を作りますね。しかし、メトセラ号の料理人と比べると、やっぱり見劣りしてしまいます。それでもセーンソム、お前がダラリア号の料理人を推すのは、その店に贔屓《ひいき》の娼姫がいるからですか？」

「ええ、まあ……否定はいたしません」

「その娘に、何をどんな風にお強請《ねだ》りされたのかしら？」

レディは面白そうに自分の部下を見つめた。

「あ、いえ……陛下の慧眼《けいがん》に恐れ入ります」

「ったく、男ってどうしようもないのね」

痛いところを突かれたのか、セーンソムは深々と頭を垂れて声をか細くした。

その時、レディはプリメーラの様子がおかしいことに気付いた。料理についてはうるさい彼女がまったく発言していないし、それどころか皿を前に涙しているのだ。

「ど、どうしたの、プリム？」

さすがのレディも驚いてしまった。

「いえ、ごめんなさい。どちらの料理もとても懐かしい味だったので」

プリメーラは慌てて手巾を取り出すと涙を拭いた。

　今日は料理の味を鑑定するということもあって、プリメーラは酒を飲まされていない。酔っ払うと舌が鈍《にぶ》ってしまうからである。そのため、いつものコミュ障が発現していて、耳を澄ませなければ聞こえないような小さな声でしか喋れない。

「懐かしい？」

「ええ、こちらの……ダラリア号の料理？　こちらは紛れもなく、パッスムの料理です。わたくしがシーラーフのディジェスティフと結婚するまで、ティナエの屋敷で抱えていた料理人です」

　プリメーラはパッスムのことを懐かしそうに語った。

「ふーん、そうだったの」

「そしてもう一つの皿を作ったのは彼……遠い国の料理人ですね」

　石原は何かを懐かしむようなプリメーラの目がとても気になった。

「プリメーラ様。メトセラ号の料理をお気に召してくださいましたか？」

「もちろんです。だって、わたくし、この料理が大好きなんですもの」

　蚊の鳴くような声に耳を澄ませていた石原は悟った。

　この姫様は日本に行ったことがある。そして徳島の料理を食べたことがあるのだ。

　二人の関係はもしかすると、それだけでは済まないかもしれない。でなければ、どうしてこんな幸せそうな表情になれるのだろうか。

「これで戴冠式の料理を誰に作ってもらうかは決まったわね」

レディはプリメーラの顔を見て、どちらを勝者に選ぶべきか決めたようだ。

「陛下……」

「だって、プリムが気に入ってしまったのよ。しょうがないでしょう」

レディはプリメーラの意思を盾にして、自分の意見を押し通そうとする。

するとプリメーラは、パッスムを庇うように付け加えた。

「あら、でもパッスムの料理も美味しいのよ」

「では、二人とも採用するということではいかがでしょう？」

セーンソムとしては、メトセラだけが勝利するという事態は何としても避けたいようだった。するとオルトール達もそれを受けて折衷案《せっちゅうあん》を告げた。

「では、祝賀会の食事の何皿かは、ダラリア号の料理人にも担当させるということにしましょう。ただし最高責任者はメトセラ号の料理人ということで」

レディとしても頷かざるを得なかった。

プリメーラの意思を採用理由としたからには、「パッスムの料理も美味しい」という言葉も汲まない訳にはいかなかったのだ。

＊　＊

東京永田町——

首相官邸には全国の主要紙や各地の新聞が届いている。

高垣総理のスタッフには、何がどのように報じられているかを新聞、テレビ報道、そしてネットを隅から隅まで調べあげることを担当している事務官もいるのだ。

「北条《ほうじょう》補佐官」

北条宗祇《そうぎ》は、そのスタッフから呼びかけられた。

北条は若いながらも実力を認められて、第二次高垣《たかがき》内閣では首相官邸に詰める内閣総理大臣補佐官五人の内の一人に選ばれていた。

「どうしました？」

「特地のアルヌス州で発行されている地方新聞ですが、興味深い記事がありました」

「ならば内容をまとめて午後までに提出してください」

「もうまとまっています。今すぐ見ていただいたほうがいいかと思いまして……」

「？」

問答している時間も惜しい北条は、部下の差し出したレポートに目を走らせた。すると記事の内容を三行に要約したものが表紙に記されていた。

一、特地の海賊集団アトランティアが無主の島嶼を占拠領有する動きを見せている。

二、アトランティアが島嶼を占領して国土化したことを周辺諸国が認めると、立国要件の四要素を獲得することになり、完全に海賊集団とは言い切れなくなる。現在現地の海で行われている海賊対処行動の障害となる。

三、この情報は程なく、政府の海賊対処行動に批判的な意見を持つ野党の知るところとなり、彼らの主張を裏付けるものとなるだろう。

「なるほど……」

北条は記事を要約したスタッフが、何故自分にこのレポートを提出したかを察した。

特地における海賊対処行動は、北条が当時来日していたプリメーラと共同して行った政治活動の成果である。それに影響しそうなことなのだから、北条は知っておかなくてはならないのだ。

「だが、アトランティア周辺諸国が島嶼の国土化を承認したという情報はないのですね？」

「今のところはありません。しかし現地はアルヌスから距離もあり、マスコミもありませんから、情報が伝わるのにも時差があります」

「つまり今、この瞬間にもアトランティアが国家としての要件を満たしている可能性もなきにしもあらずということですね？」

「はい。それに気付かずにアトランティアに属する海賊船を取り締まり続けると、問題が複雑化します。至急、首相のお耳に入れたほうがよいかと思われます」

「そうですね。ただし問題は、どうしてアトランティアが島嶼を占領国土化しようなどという発想を持ったかです。江田島一等海佐の報告では、アトランティアとは海の遊牧民とでも言うべき存在です。彼らに、陸の領土を我が物にする発想そのものがあるとは思えません。なのに一体どうして……これは遊牧民が突然草原での生活を捨てて都市生活を始めてしまうような路線変更です」

「何者かが入れ知恵したのではないでしょうか？　現地では、中国の工作員が先住民文化保護国際条約に違反するような活動を行っているという報告も入っていますから」

「なるほど。それらが我が国の法制度の盲点を突くべく促したということですね？　あり得る話です。こうしてメディアが巧みに利用されていることへの説明にも繋がります。分かりました。至急首相のお耳に入れることにしましょう」

北条は報告書の束《たば》を受け取ると、その足で首相の元へと向かった。

「総理、ご報告があります」

執務室にいる首相は、机の上に様々な報告書を積み上げて目を通していた。

「北条君か……いいところに来てくれた。私も君と話したいことがあったんだ」

「どのようなご用件でしょう」

「まずは君のほうを先に片付けようじゃないか」

北条は特地のアトランティアに、領土を手に入れようという動きがあることを伝えた。

もちろん予想されるその後の影響についてもである。

「そうなったら海賊対処活動は出来なくなるか？」

「少なくとも、アトランティアの旗を掲げている船に対しては問題が発生します」

「だがこれを見逃せば海賊の被害が増してしまうのでは？」

「幸い、アトランティアによる現地の船の被害は減っています。アヴィオン海諸国が急速に軍拡して戦力を増強しているからです。頃合いを見て、海賊対処の実行は現地政府軍に任せてしまってもよいでしょう」

「つまり、海賊対処行動をもうやめてもよいと？」

「とりあえず、今のところは現状のまま海賊対処を続けさせます。周辺諸国が、アトランティアによる島嶼の国土化を承認した段階で、その活動を補助的な、例えば哨戒機《しょうかい》で得た情報の提供などへと移行していく形にするのがよいかと。今後の展開が掴めない以上、関与の余地は残しておきたいところです」

「分かった。現地に派遣している担当者に命じて関係各国に根回しさせておこう」

「よろしくお願いいたします。それで総理のご用件とは？」

「ああ。カナデーラ諸島にある海底油田の件だ……先日送り込んだ調査員からサンプルが届いたんだが、ざっと調べてみた範囲でもかなり有望らしいぞ。海底まで五十メートル前後と海が浅いのがよい。更に油の質もよい。すぐにでも現地に調査船を送り込んでボーリング調査を開始させたいな」

「総理、それでは正式な調査結果が出る前にさっさと領土交換をしてしまうべきです」

「どうしてだ？」

「我が国が油田を保有することに、こちら側の国々がどう反応するか読めないからです。油田があるのかないのかはっきりしない状態であれば、領土の交換に横やりが入る可能性は少ないでしょう。しかし油田が有望だとはっきりしてから領土を交換するとなると……」

日本は資源がまったくない国なのに、世界三位の経済大国である。

その上に原油などの資源まで確保するような事態になれば、超大国アメリカが面白く思うはずがない。資源の供給管理はアメリカが日本に嵌めた頸木《くびき》の一つであり、アメリカが経済覇権を維持する手段の一つである。それが失われることになるからだ。

そしてそのことは中国をも刺激することに繋がる。

「中近東がとてもきな臭い状態です。イランがタンカーを次々と拿捕《だほ》し、中国は南シナ海でミサイル実験をしています。アメリカはこの海の平和を守るための艦隊の出動を各国に募っているくらいです。しかし有望な油田を手に入れたとなれば、我が国はペルシャ湾に通じるシーレーンに拘る必要がなくなります。まったく必要がなくなる訳ではありませんが、重要度が低下します。我が国内世論にモンロー主義に似た動きが湧き上がる可能性もあります」

「一国孤立主義に落ち込むかもしれないということか」

「そうです。そしてそれは間違いなくアメリカを反発させます。日米同盟を揺るがすことにもなりかねません」

尖閣《せんかく》は岩ばかりの無人の島である。

しかし我が国日本にとっては生命線ともいえるシーレーンと直結している。だからこそ、アメリカ軍も重要度を認めて守ることにコミットメントしているのだ。その価値が下がったら、誰が無人の島を守るために命を張ってくれるだろうか。

「ふむ。アメリカも態度を変えてくる可能性があるな」

「そして、中国もその動きを敏感にとらえて反応するでしょう。そう言えばここ数日、人民解放軍海軍にδ《デルタ》・ブラボーの兆候が報告されていますが、今回の件と関わりがあるでしょうか？」

「δ《デルタ》・ブラボー？」

それは中国海軍の動きが活性化しているということである。

通信量の増大、艦艇・装備・人員の移動、物資の調達を伴っているため、普段通りの調査や訓練、挑発行動に留まらず、何らかの軍事行動の兆しと理解されている。今のところ南シナ海に向けた行動だと見られている。

「さすがに考え過ぎだろう」

「ならいいのですが……」

「しかし領土交換を逸《はや》って油田が空だったとしたらどうするね？」

「最初から油田目当てで領土交換したのならダメージですが、別の理由で領土交換した上で、もしかしたら油田があるかもしれないと思ったので調べたけど、やっぱり空だったというのなら問題になりません。ないならないで構わないのです。逆に有望な油田だったと分かっても公表したりしないほうが良いかと思われます。資源を確保できたとしても、国民に対するアナウンスは、資源があるかどうか分からないといった程度に留めておく。万が一の時のためにカナデーラ諸島がある。それくらいの含みを持たせておくのがちょうどいい。そうすればアメリカや中国を刺激しないで済みます」

「そうだな」

北条の言葉に高垣は額の皺《しわ》を深くした。

出来れば油田の入手を声高に喧伝《けんでん》して支持率の向上に繋げたい思惑があったからだ。

しかし北条の意見は、アメリカが自国民の命と予算を蕩尽《とうじん》して作り上げた世界秩序の中で、ナンバーツーの位置を占めて生き残っていくという日本の基本戦略に合致している。

「ふむ、君の言う通りだ。ではさっそく外務大臣を呼ぼう。それと帝国の駐日大使グレンバー・ギ・エルギン伯爵《はくしゃく》も」

「かしこまりました。すぐに連絡を取りましょう」

08

「やったやった！」

試食会の結果は、その日のうちに知らされた。

祝賀会の料理は、メトセラ号の司厨長徳島に任せられることになったのだ。

この報せにメトセラ号の楼主や美姫達は歓声を上げて喜びに沸き返り、娼姫見習いの童女達は花びらをまき散らした。

「画竜点睛《がりょうてんせい》を欠くのは、ダラリア号の奴らも何皿か作ることになったってことだな」

「汚らしいダラリアの奴らのことニャ。コネを上手く使って割り込んだんだニャ」

祝賀会の料理担当を独占できていたら、花街一位に返り咲く決め手になっただろう。

だがダラリア号も食い下がってきた。

とはいえ全体を仕切るのは徳島と指名されたのだから勝敗は明らかだ。にもかかわらず、ダラリア号のほうは祝賀会の料理をメトセラと共同で作ると喧伝している。これでは一般の客には引き分けに見えてしまう。

「鬱陶《うっとう》しい連中だニャ」

「お前も悔しいだろう、トクシマ？」

楼主が徳島の肩を叩きながら言った。

しかし徳島としてはこの結果で十分であった。徳島にとっての最大の関心事は、プリメーラの救出だからである。

目的は王城船に出入り出来る立場を獲得することだ。

従って、単独だろうが共同だろうがどちらでもよいのである。

「ええ、まあ。でも大変なのは、ダラリア号の人達ですよ」

対するにパッスムは徳島に並び立たなくてはならない、勝たなくてはならないと競争意識に突き動かされている。

今日も料理をしている最中、自分こそが王室の料理長になるんだと呟き続けていた。

そして徳島に席を譲ってくれとしきりにごねていたのだ。

いわゆる泣き落としのあの手この手で、徳島には妄執《もうしゅう》のように聞こえて哀れであった。

その妄執がパッスムを王政復古派へと追いやり、プリメーラを裏切ることに繋がったのかもしれない。大変なのは彼らのほうだというのは、そんな観点からの感想であった。

しかし皆の受け止め方は違っていた。徳島の言葉を大上段な立場からの辛辣な打倒宣言と受け止めたのだ。

楼主は驚きで目を瞬かせた。

「はぁ、すげぇ自信だな。だが、確かにお前の言う通りだ。大勢のお偉方にお前の作った料理と比べられるんだ。嫌でも差は明らかになる。奴らも今頃青くなってるだろうさ」

実力を超えた立場に立つことは幸運でも何でもない。例えるならアマチュア草野球のピッチャーが何かの間違いでプロのマウンドに立ったようなもので、それは災厄でしかない。片っ端から打たれまくってアウト一つも取れずにコールド負けとなるに決まっているのだ。

それでも嬉しいと思える者がいたとしたら、投手としての誇りや意気地を持っていない、プロと手合わせ出来たことを喜ぶファン心理でしかない。

だから徳島の一言は、みんなの耳には「現実を見せつけて徹底的に叩き潰してやる」という意味に聞こえたのである。

すると、娼姫達の徳島を見る目と態度がガラリと変わった。

「凄いね、トクシマ」

「強い男って好きよ」

彼女達の目の色に、憧憬《しょうけい》と恋慕《れんぼ》の色が混じり始めたのである。

「さあさあ、みんな。こんなところで駄弁《だべ》ってないで仕事だ仕事だ。今夜、お茶ひき（客がつかない状態）だった奴は折檻《せっかん》するからね！」

「は～い」

手を叩いて急《せ》かす取り持ち女の言葉に従って立ち去る際、色目やら投げキッスまで送ってくる娼姫もいたくらいだ。

彼女達にとって徳島は、お店が傾いた時にふらりと訪れた救世主だ。しかしながらどこか得体の知れない、自分達に馴染もうとしない余所の人間でもあった。

だから徳島には異性としての関心も抱かなかったし、彼を好きだというメイベルやミスール（オデット）を応援できたのである。

しかしそんな徳島が初めて、自分達と一緒に敵と戦うと宣言した（ように聞こえた）。それによって彼女達は距離感がぐいっと近付いたと思った。重厚なオスの頼もしさをこれ以上なく感じたのだ。

「トクシマ・ハジメ。わたしは自信のある男が好きなのよ」

銀髪と三つ目の麗《うるわ》しいセスラが、徳島の腕を抱きしめて豊満な胸を押しつけてきた。

「そ、そう？」

何故かリュリュとミッチまでも徳島に異常接近してきた。

「自分の腕を上げることにしか感心のない奴かと思ってた。誤解だった」

「熱い男って好きでありんす」

三人の美姫に文字通り挟み込まれた徳島は、混乱と混迷の渦《うず》に陥った。

「な、何がどうなってるんでしょう？」

当の徳島には、一体何が起きたのか訳が分からない。

徳島自身は少しも、まったく、強気な発言をした意識がないからだ。徳島視点では、いつも通りにしていたら、突然周囲の反応がおかしくなったのである。

「あんたさあ、メイベルとミスールをどう思ってるの？」

「どうって……普通に仲間だけど」

「そうじゃなくて。男として好意を持っているかって聞いてるのよ。あの二人があんたにベタ惚れなのは分かってるんでしょう？　多少は憎からず思ってるんじゃないの？」

「え、ええ。まあ。多少は……嬉しいって思っています」

「ふーん、多少は……なのね？」

するとセスラ、リュリュ、ミッチの三人はすうっと目を細めた。それは獲物に狙いを定める獰猛《どうもう》な肉食獣のそれであった。

「ふーんって？　何、何、一体何？」

「その程度なら、あたしらにも十分機会はあるってことだな」

「機会って、ど、どういうこと？」

「男と女の間には、予約なんてないし禁じ手もないんでありんす。横入り厳禁という道徳とて、実を言えば建前でしかありんせん」

「はい？」

徳島の額にじとっと汗が浮かんだ。

この危機的状況に陥っても、蛇に睨まれる蛙になった気分とはこういうことなのかな、などと考えていたのだから、案外余裕があったのかもしれない。

＊　　　＊

「黎、聞いてくれ。午餐会の料理人は徳島の奴に決まったぞ」

石原は自分の船に戻ると、今回の試食会が狙い通りとなったことを黎に告げた。これで祝賀会は成功間違いなしである。

あまり舌が肥えているとは言い切れない石原ですら、徳島の料理とパッスムの料理の優劣は明白だったのだ。レディ女王《ハーラム》も、引き抜いて自分の料理人にと言い出したくらいだから、祝賀会に集まった海外の賓客からの評価もきっと高いものとなるだろう。

「これでレディの中での俺の株はストップ高で間違いなしだぜ」

「ふむ。よかったじゃないか」

だが黎からは石原が期待したような反応はなかった。冷淡と言ってもいいくらいだ。

「なんだよ、嬉しくないのかよ？」

「お前が日本のスパイかもしれない料理人に無警戒なのが気になってな、手放しでは喜べん」

「ああ、奴のことが気になるのか。けどな、前にも言ったように奴らが政府の犬だったとして何を恐れる必要がある？　俺達のことさえ気取られなきゃ何の問題もないんだ。それに今日試食会で思ったんだが、奴は姫様の関係者かもしれない……」

石原はプリメーラの反応や発言を見て、そう感じたことに触れた。

すると黎はそれまでと打って変わって態度を激変させた。

「何てことだ！　だとしたら、狙いはますますその公主《ひめ》に決まってるじゃないか！」

「つまり何か？　奴は姫様を助けに来たとでも言うのかよ？」

「そうかもしれない。あるいは違うかもしれない。とにかく、あらゆる事態を想定して考えておくことが大切なんだ。その日本人のコックだって、日本政府の雇われとは限らないかもしれない。ティナエとかいう国に雇われた工作員という可能性だってある」

「あ、ああ……そういうことか」

石原は黎に指摘されて初めてその可能性に気付いた。

日本人だから日本政府の関係者だと無意識に決め付けていたのだ。

おかげでその目的もウルースの海賊活動を調査することだと思い込んでしまっていた。

だが、石原が日本人でありながら中国に雇われているのと同様に、徳島も日本人でありながらこの世界のどこかの国に雇われている工作員という可能性だってある。

ならばプリメーラ奪還の使命を帯びて、このアトランティアに潜入したという可能性だってある。

もちろん日本政府の密命を帯びている可能性も同等に存在する。

「ますますその男を王城船に近付けるべきではないぞ！　下手をすると、ある日突然プリメーラがいなくなってる、なんてことが起こるかもしれない」

「そっか……」

石原は舌打ちした。

「けどな、それでも奴の料理の腕は捨てられないぞ」

「おい、石原……」

「分かってる。だがな、俺はこの国にしっかりとした足掛かりを築いていかなきゃならんのだ。それはお前にだって分かるだろ？」

「あ、ああ」

「奴の狙いが姫様だって分かっていれば、対策の立てようだってあるはずだ。よし黎、知恵を貸せ」

「なんだ？」

「議題は、この状況から俺がどうやって生き残っていくかだ」

これまでノリと勢いだけで突き進んできた石原だが、黎の警告を受けて真剣に取り組み始めたのだった。

＊　＊

江田島はテーブルに見取り図を広げた。

「ではシュラさん、オデットさん、こちらをご覧なさい」

メトセラ号での一日を終えた朝——楼閣での仕事上がりは基本、朝までいた客を送り出した後になる——江田島はシュラやオデットを部屋に招いた。

メイベルや徳島がこの場に同席しているのは言うまでもないことである。しかしながら徳島はメイベルを助手にして巨大なケーキを作る作業に没頭していた。

「副長。彼は何を作ってるんだい？」

徳島はケーキの表面に女神の姿を描いていた。

ケーキ本体もそんじょそこらで売っているようなものではない。小さなテーブルほどの大きさがあった。

徳島は天井からぶら下げた小型プロジェクターでケーキの表面にイラストを投影し、それをなぞるように、食べられるインクで線を引き、色を塗っていた。

こうすれば絵心がなくとも、誰でも綺麗なイラストを描くことが出来るのだ。

「あれは今度の祝賀会に出すアントルメの試作品です」

アントルメとは食後の余興のようなものだ。

この世界の習慣では、食後に皆を驚かせるような飾りや余興といったものが出てくることが多い。徳島はこれまで、デザートに類するものを用いたアントルメで客を喜ばせる方法をとってきた。

今回もいつも通り、甘いデザートで食事の締めくくりにするつもりなのだ。

「ふーん。ボク達も食べられるんだろうね？」

「彼に頼むといいでしょう」

「あとで強請ってみることにするよ。それで、これが王城船の内部の図面かい？　凄いよ、副長、よく手に入れたね」

「さすがに隅から隅まで隈《くま》なく見て回ることは出来ませんでしたが、調理場には配室表がありましたので、かなりのことが分かりました」

江田島は、徳島とパッスムが料理をしている間に調理場から忍び出ると、一人で王城船内を歩き回った。

調理場内にいた見張りの兵士はどうしたのだと思うところである。

しかし彼らは料理人が——特にパッスムが食べ物におかしな細工をしないかに気を取られすぎたためか、調理場への出入りについてはほぼ無警戒になっていたのだ。

もちろん、他の場所にも見張りはいたし、彼らは実際に江田島の姿を見ている。だが、料理を載せたトレイを手に持った江田島が、自信ありげに背筋を伸ばして歩いていたため、そのまま見逃したのである。

何故か。

まず第一に、王城船そのものが厳重に警備されているからである。それだけに一旦中に入った者に対する警戒心が薄くなっているのだ。

　そして王城船内で自らの部屋に料理を運ばせるような人間は、大抵地位が高いからでもある。

　そんな人間への食事の運搬を止めたら、料理が冷めたのは貴様のせいだなどと叱られてしまう。おかげで江田島も本来の仕事をすることが出来たのである。

　王城船は全長が約二百メートル。細長いロの字型をした城館のような構造だった。

　真ん中が吹き抜けになって、外からの光や空気が通るようになっている。

　所々に右舷《うげん》と左舷を繋ぐ渡り廊下が設置されており、船首側と船尾側にはかなり大きめな謁見《えっけん》室のような広間があった。

　シュラは江田島が作り上げた見取り図を見ながら感想を述べた。

「なるほど……内部は甲板下が四層、甲板より上層が四層。併《あわ》せて八層からなっているんだね」

　それぞれの階層は船一般で使われている梯子段のような狭くて急峻《きゅうしゅん》な階段ではなく、陸の建物にあるようななだらかで幅の広い階段、あるいは螺旋《らせん》階段で繋がれていた。

「まるで豪華客船のようでした」

　甲板には巨大なプールもあり小さな庭園もある。

銀座側世界にも全長三百メートルを超える豪華客船があるが、この王城船もまたそれによく似た構造をしていた。違いは鋼鉄製か木製かだろう。大型船には通常ホギング・サギング問題（簡単に言えば、海に浮かべた船に、浮力による負荷がかかり、船が曲がったりたわんだりすること）があるのだが、このアトランティアの造船技術でその問題にどう対処しているのかは大いに気になるところだ。

「女王《ハーラム》レディの部屋は、最上層船尾部です。この付近は床の敷物の種類もまったく異なりましたし、内側の吹き抜けから見上げた時に見えた窓のカーテンも最上級のものでした」

「船体下部はどうだった？」

「いえ、特には何も……」

江田島は言葉を濁したが、露天甲板以下の船体内にも注目すべき区画があった。

貴顕の生活の場とは思えないほど飾り付けが簡素な廊下があって、それでいてやたらと警戒が厳しくなっていたのだ。おそらくアトランティアにとって重要かつ秘密の施設は、ここに設けられているに違いなかった。

ここが、江田島が最大の関心を寄せているアトランティアの深奥《しんおう》だろう。

そのことは警戒度の高さが示していた。

江田島ですら高価そうな絨毯が敷き詰められた女王《ハーラム》の居室区画の階まで進むことが出来たのに、ここでは姿を見せるなり近衛兵が道を塞いできたからである。

「おい、貴様そこで止まれ」

剣の金属音を鳴らしながら駆けつけてくるのを待つ間、さすがの江田島も緊張した。しかしそれを押し殺して余裕に見える笑顔を作って問い返した。

「貴方はどなたですか？」

「私は近衛隊のトラッカー海尉である。職権に基づいて尋ねたい。貴様は一体何をしている？　ここは許可された者以外は立ち入り禁止の区画なんだぞ！」

トラッカー海尉は三名の部下とともに江田島を取り囲んだ。

「実は、エドウィン卿に料理を運べと命じられまして」

江田島はあらかじめ考えておいた名前を告げた。

「エドウィンだと？　そんな奴知らん。そもそもここは第三甲板だ！」

「ええ、ですからこれを第三甲板に届けろと言われまして」

江田島はそう言ってトレイの蓋を取って料理を見せた。

中には黄金色のフライドポテトが入っていた。試食用料理を作るのに忙しい徳島が、わざわざ囮《おとり》用に作ってくれたものである。

「こ、これは一体何だ?」

「おやつですよ。エドウィン様が、小腹が空いたとかで……」

フライ料理はこの世界では珍しいことが分かっている。塩とニンニクで味を付けただけだが、それが食欲をそそるのか、トラッカーは涎《よだれ》を垂らすほどの勢いでトレイの上を覗き込んでいた。

「一ついいか?」

トラッカーは左右の部下を見て江田島に囁いた。

「分からないようになさってくだされば」

近衛兵達は一人一つずつ摘まむと口に運んだ。

その味が気に入ったらしく近衛兵達は目を丸くした。そして二つ目を取ろうと手を伸ばす。しかし江田島は叱りつけた。

「いけません! これはエドウィン卿にお届けするものなのですよ。お一人お一つくらいなら見逃せますが、二つ目となりますとさすがに許せません」

「ちっ、しょうがねえなあ。だが、どっちにしろエドウィンとかいう奴はここにはいないぞ。第三甲板って言ったって広いんだ。せめて艏《おもて》か艫《とも》か右舷か左舷か、それだけでも分からんのか?」

「実はそこが不明確でして、それで私も困っていたのです。貴方はご存じありませんか？　こちらに長いのでしょう？」

「知らないよ。俺だって海兵隊から近衛に移ったのは最近なんだからな」

「おや、以前は海兵隊にいらした？」

「例のパウビーノ船略奪事件で、近衛の責任者連中の首が片っ端からすっ飛んだだろ？　それで欠員を埋めるために呼ばれたんだ」

「では、この船に不案内なのは私と一緒ですね」

「悪いことは言わん。貴様は一旦調理場に戻って、第三層のどこに届けるのかを確認してからもう一度来い」

「しかし……」

「こんだけ広いんだぞ。一部屋一部屋声を掛けて歩くつもりか？　第三甲板だけでも船室は百近くあるんだぞ」

江田島は船の天井を仰いだ。これ以上押しても疑念を持たれるだけで意味がない。次回に繋ぐにはここで素直に引いておくことも大切なのだ。

「そうですね。出直すことにいたしましょう」

「そうしろ、そうしろ」

江田島は素直にトラッカー海尉の言葉に従い、厨房へと戻ったのである。

「で、プリムはどこにいるのだ？」

オデットは早く肝心なことを言えという勢いで江田島に尋ねた。

「配室表にはここだと記されていました」

江田島は女王《ハーラム》レディの部屋の直下に位置する部屋を指差す。

「まいったね。女王《ハーラム》の居室の真下だなんて。忍び込むのはとても難しそうだ。オデットならどうだい？」

「空の見張りは以前よりも増している。空からはとても無理なのだ」

オデットは悔しげに言った。

「海からも出入りは難しいでしょう」

「やっぱり力ずくで突入するしかないか」

「それは駄目です。脱出が著しく困難になります」

江田島は、王城船内部には近衛兵が多数詰めていると語った。それらを突破してプリメーラを確保できたとしても、今度は王城船からミスール号までの道のりの遠さが障害になるだろう。

「副長、あの時は痛快だったね」

シュラは敵の警戒の隙を突き、船ごとパウビーノを奪取した時のことを語った。

「ええ、久しぶりに全力で船を漕ぎました。もうあちこちが筋肉痛になってしまって」

「あれをもう一度やるのは無理かな？」

「はい。あれはあれ一度の奇襲だったから可能だったのです。ミスール号では絶対に不可能です」

敵の追跡を振り切ってなんとかミスール号に辿り着けたとしても、今度はアトランティア海軍による全力の追跡を逃れなくてはならない。

だがパウビーノを強奪されるという経験を積んだアトランティアは、三段櫂船《さんだんかいせん》に奴隷を満載して港の警戒に使っている。ただの風帆船《ふうはんせん》のミスール号ではこれから逃れることは難しいのだ。

「こんなことなら、オデット号の修理が終わるまで待っていればよかった」

「けれど、待っていたら戴冠式前に彼女を救出するという訳にはいかなかったでしょう」

「だったらどこかから快速船を借りてくれればよかったかな」

「物事というのは大抵、あの時ああしていればよかった、こうしていればよかったということばっかりです。我々は今出来ることをするしかないのですよ」

「じゃあどうしたらいいんだい？」

シュラは唇を尖らせると、あれも駄目これも駄目と言い続ける江田島に不満をぶつけた。

すると江田島は言った。

「ご安心なさい。今も着々と計画は進んでいますので。料理人の彼でなければ考えつかないようなやり方を考案してくれました」

「ハジメが？」

オデットが振り返ると徳島は言った。

「はい。任せておいてよ。焼くもよし、煮るもよし。いろいろな方法を用意してあるからさ……さあ、完成しましたよ」

徳島は女神の絵姿の入ったケーキを皆に見せた。

「これは？」

「これが作戦の第一段階さ。王城船に出入り出来る立場を利用するんだ」

徳島は江田島と考え上げたプリメーラ救出の作戦を皆に告げた。

徳島は王城船を訪ねた。事前に約束を取り付けていることは言うまでもないことである。

＊　＊

そこで午餐会のメニュー表を石原に差し出した。試食会を経て、女王《ハーラム》レディ、プリメーラ、大臣達の要望を取り入れた完成版である。

これで女王《ハーラム》の裁可が下りれば正式決定となる。

「王の菜園の野菜各種塩包み焼き、パエンのもも肉オゼイユソース添え、ランラック島の温製パテ・トリュフ風味、ラギタと脳のパティーナ、ラングスティーヌのラヴィオリ・ブイヨン添え、モリーユ茸《だけ》と柔らかいニョッキ、イチジクで肥育した雌豚乳房と人参のグラッセ……」

石原はふむふむと文字に指を這わせながらメニューを読み上げていった。

どれも試食会で評判のよかったものばかりでその記憶もまだ残っている。石原は味を反芻《はんすう》しながら零れてくる唾液を抑えるのに苦労した。

「このラギタの何とかかと、雌豚乳房の二皿を、ダラリア号に作らせるんだな？」

「そうです」

「ふむふむ」

そして石原は、末尾にあるアントルメで指を止めた。

「このアントルメというのは何だい？　試食会に出てこなかったけど」

「ああ、こちらの習慣で締めくくりに出てくる余興みたいなものです。見世物とか、芸とかです。けどそういうのは芸人の仕事なので、料理人の俺としては食後はデザートで締めくくろうと考えています。プリメーラ様のイラストを描いたケーキです」

「へぇ……イラストの入ってるやつか。それって結婚式の二次会とかでよく出てくるものだろ？」

石原も日本人なのでこのあたりの意思疎通は手っ取り早い。

「そうですよ。今回はサンプルを持ってきました」

徳島はそう言いながら用意した小さなテーブルサイズのケーキを見せた。表面には女神の姿が描かれていた。

「なんというか、えらくでかいな」

「祝賀会の規模を考えるとそれでも小さいほうですよ。参列者の人数が早めに分かるとちょうどよいサイズに出来るんですけど……」

「そっか、それはこっちの仕事だな。早めに人数を出すよう頼んでみるよ。ケーキも俺が預かろう。レディ陛下とプリメーラ様にお見せしておく」

「ケーキが傷んでしまいますから、お早めに食されるようお願いします。何しろこっちって冷蔵庫がないですからねえ」

「あー、そうだな。分かった。出来る限り早めに食べさせる」

こうしてメニュー表とケーキは石原に渡され、石原の手からレディ、そしてプリメーラに差し出されることになったのである。

「なかなかに素晴らしいですね。楽しみです」

レディと酔姫モードのプリメーラが徳島の提出したメニュー表を石原から渡され、二人並んで読んでいた。

顔を寄せ合って一枚のメニューを覗き込んでいるところを見ると、もしかして二人は仲良しなんじゃないかとすら思えてくる。少なくともプリメーラが、レディに無理矢理捕らえられているとはとても思えない。

「それでは、これで準備を進めよと命じてよろしいですね？　陛下、そしてプリメーラ様」

石原は二人に確認した。

「結構です。ただしアントルメは何を予定していますか?」

プリメーラが試食会にも出てこなかったと言って石原に尋ねた。

「ああ、アントなんとかについては、サンプル……いえ、見本品を預かっております」

石原はそう言うと振り返ってメイドに合図する。

するとメイドが二人がかりで、二人の前までケーキを運んできた。

小さいテーブルの天板ほどもあるケーキには二人とも目を丸くした。表面には女神の姿絵が描かれていてとても目を惹くのだ。

「こ、これ……食べられるの?」とレディ。

「全部食べられるはずよ」とプリメーラ。

クリームのデコレーションによって、ケーキ全体があたかも神殿のように見える。おかげで目でも香りでも二人を楽しませてくれた。もちろん味でも楽しませてくれるに違いない。

「ナイフを入れるのが、ちょっともったいないくらい繊細で豪華ね」

すると石原が説明を付け加えた。

「傷みやすいので早めに食してくださいと料理人の徳島が申しておりました。本番では、表面の絵をプリメーラ様の姿絵にしたいとか……」

「とても素晴らしい提案だわ」

プリメーラはその提案に満面の笑みを浮かべた。

だがしかし、レディはケーキを睨んで黙したままだった。どこかに不満があるらしい。

「陛下？」

「…………」

レディを取り囲む大臣達は、突如として最高権力者が示した不快そうな態度にざわついた。

祝賀会のメニューにしても、アントルメに出てくるケーキにしても気に入った様子だったのに、一体何が原因なのか分からないのだ。

するとプリメーラが囁いた。

「もしかして貴女も描いてもらいたいの？」

「……」

レディは視線をケーキに向けたまま黙し続けた。しかし沈黙とは、時に言葉以上に雄弁であり、皆が彼女の真意を理解した。

更にプリメーラが尋ねる。

「これは、わたくしの戴冠式じゃなかったかしら？」

「分かってるわ」

「それがどういう意味か本当に分かってるの？」

「分かってるわよ！　これがものすごく不調法なことだということは分かってます。けど、駄目。何というか、メラメラと嫉妬心が湧いてきちゃって」

「どうして？」

「だって、私の時には、こんなよいものなかったんですもの!!」

レディがぶちまけた本音に、石原は頭を抱えた。

いるんだよなあ。他人の結婚式にわざわざ白い衣装を着てきちゃう奴とか……。石原はそんなことを思いつつ、レディの気持ちを慮った提案をすることにした。

「では、こうしてはいかがでしょう？　レディ陛下の姿絵を描いたケーキも別に作らせるということで」

するとレディの機嫌は端から見ても分かるほどに好転した。

「そうしてくれる？」

「この料理人なら労を惜しまず作ってくれることでしょう」

石原としても女王《ハーラム》の機嫌を取るためにはそう言うしかなかったのである。

　翌日、徳島は石原に王城船へと呼び出された。予想外の事態で一体何事かと思ったが、もちろん喜んで参内すると答えた。

「つまり、レディ陛下のイラストケーキも作れと？」

　実際に登城してみると、仕事が増えたという話であった。

「仕事増やして悪いけど頼むよ……」

　徳島は困ったような表情を作った。

　もちろん内心ではしめしめと思っている。しかしそれを悟られないよう、不承不承《ふしょうぶしょう》、イヤイヤながら仕方なくやってやるという態度にしないといけないのだ。

「けど、そのためにはプリメーラ様だけじゃなくって、レディ陛下にもお目通りを願わないといけないんですよ。実現できますか？」

「お二方とお目通りだと？　どうしてだ？　そんな話は聞いてないぞ」

「見たことのない姿は描けないんですけど。プリメーラ様にも最初からお目通りを願い出るつもりでしたよ」

「ちっ、そっか……そういえばそうだな」

　石原はようやく気付いた。

プリメーラのイラストを描かせるということは、徳島をプリメーラに引き合わせなければならないということなのだ。

イラストケーキを提案してきたのもそれを狙ってのことかと深読み出来る。しかしもしそうだったとしても、今更断ることは不可能であった。自分の姿を描いたケーキにレディが前のめりになっている以上、「この話、やっぱりなし」とはとても言えないのだ。

「スマホの写真とかじゃだめか？」

「電波が入らないのに、どうやってこっちのスマホに転送を？　それに電話もかかってこないので俺、電源切ってます。電源もないのでとっくの昔にバッテリーが上がってますし」

「そっか……」

石原に出来ることは引見《いんけん》の席に自分も同席し、会話に耳を澄ませて、見張りの近衛兵を大勢並べることくらいだろう。

それに二人が顔を合わせた時どんなやりとりをするかで、二人の関係を推測する材料にもなる。

徳島が何を狙っているかもだ。

「分かった。なんとか引き合わせることにするよ」

石原はそう言ってレディとプリメーラの元へ報告に戻ったのである。

いろいろなスケジュールの兼ね合いから、レディやプリメーラとの目通りは翌々日になった。

「プリメーラ様、どうか笑顔を……」

王城船にやって来た徳島は、椅子に腰掛けたプリメーラの前に立つと、写生をする美術家のごとくスケッチブックにクロッキーを始めた。

もちろん実際に彼女の姿をケーキに描く際は盗み撮りをしたスマホ写真を使う。石原にはああ言ったが、今回は太陽電池を使った充電機器を持ち込んできているのだ。

場所は謁見の間の一つ。レディが私的な客を迎え入れる時に使う小さい部屋が充てられた。

周囲にはもちろん警戒の近衛兵がいるが、それほど広い部屋でもないので三人のみだ。とはいえ廊下にも数名の兵士が詰めているので、徳島が突然プリメーラの手首を掴んで走り出したとしても、取り押さえることは十分に可能だ。

プリメーラは、すまし顔で背筋を伸ばして少しそっぽを向くように腰掛けていた。

女性というのは、自分をどの角度から見せたら一番見栄えがよいかを自覚してるらし

い。しかし目は潤《うる》んでいてどこかしどけない。頬も上気している。その様子は明らかにアルコールが入っていることを示していた。

部屋に入ってくる時も千鳥足だった。お付きメイドに介添えされなければ心配になるほどだ。少しでも走ったら酔いが回って立っていることすら出来なくなるだろう。

「おい、徳島。打ち合わせにない人間を連れてこられたら困るぞ」

石原は徳島の傍らに立つ江田島のことを訝《いぶか》しげに見た。

「彼は助手です」

「なんで助手が必要なんだ？」

「プリメーラさんに献上する酒を持ってきてもらったんですよ。一人で運ぶのは重かったんです」

プリメーラは酒と聞いて立ち上がった。

「よい酒があるのですか？」

すると江田島が緩衝材の大鋸屑《おがくず》の詰まった木箱から、ボトルを一本取り出した。

「とっておきのお酒を幾つか詰め合わせてお持ちしました。これはローラン・ペリエ・グラン・シエクルです。テタンジェ・ノクターン・スリーヴァーとか１６８８グラン・ロゼといったものもご用意してありますよ」

「おおっ、シャンパンか！　最近全然飲んでないんだよなあ」

石原は羨《うらや》ましそうに言いながら、江田島の手からボトルを取り上げた。

封も針金でしっかり留められており、開封された気配はない。

「正確にはスパークリング・ワインですね」

「分かってるよ、シャンパンは特定の地域で特定の方法で作った酒にしか使ってはいけない名称だって言うんだろ？」

「しゃんぱん？」

プリメーラが首を傾ける。

「こちらでは汽酒《スプマン》と呼ばれてますね」

徳島の解説にプリメーラが目を輝かせる。

「ああスプマンのことですね。泡粒がたくさん湧き出てきて、すっきりした飲み心地。早速飲みたいわ。プーレ、お願い」

「かしこまりました」

石原がメイドに手渡す。しかしプーレはガラスのボトルに触れた経験がなく、どうすれば栓を抜けるかまったく分からない様子。そのため再度石原が手を伸ばして、固定している針金を取り除いていく。

自然に彼が開栓してプーレが杯を準備するという分担になった。

「宰相閣下。栓が飛ぶからお気を付けください」

江田島が警告する。

直後、予想してないタイミングと角度で栓が飛び、天井と壁に当たって跳ね回るといったことが起きた。更に噴出した中身が周辺にいた近衛兵にかかってあたふたし、謁見の小間はちょっとした騒ぎになった。

「布巾は？　布巾はありませんか？　早く拭かないと染みになってしまいます」

江田島が慌てふためいたために騒ぎがちょっとばかり増幅した。

「待ってくれ。こっちにハンカチがある」

「おお、素晴らしい。ですが石原さん、濡れた布巾も用意しませんと染みが落ちません」

「分かった、分かった。プーレ頼む」

「わ、分かりました」

そんな小さな騒ぎが起きている間に、徳島はプリメーラにそっと近付く。そして彼女が立ち上がった際に乱れた髪をそっと直した。

そのさりげない動作の中で、徳島がプリメーラに何かを手渡したことを、石原やプーレはもとより見張りの兵士達も含めて誰一人として気付かなかったのである。

＊　＊

「あーあープリメーラさん、聞こえますか？」

『はい。トクシマ、聞こえています。聞こえています！』

　FM無線の雑音とともに流れてくるプリメーラの声は嬉しそうだった。

　すると徳島の身体を押しのけるようにして、オデットとシュラが通信機に飛びつく。

「プリム！」

「プリムーーー！」

　二人はこれまでどれだけ心配していたかの思いをぶちまけ、そしてプリメーラが今どんな暮らしを強《し》いられているかを克明に聞き出そうとしていた。

　通信機など扱ったことのないプリメーラが、よくぞ通話できたと思うところだ。

　だがそれは江田島の手柄だ。プレストークスイッチをいちいち押さなくても済む双方向無線を用意したのだ。

　サイズは最小のもので、握りしめれば片手に収まってしまう。それでいて連続稼働時間が二十時間も保証された優れものである。ただしその分、出力が低く抑えられているので差し入れたワインボトルの一本に中継機が仕込んである。これが電波の出力を増幅してくれるのだ。

二人に交信役を奪われた徳島は、プリメーラとの会話を女性陣に任せると、振り返って江田島に報告した。

「統括、これで彼女との連絡を確保しました。『海賊に捕らえられている。助けてほしい』という意思確認も完了です」

「よろしい。海上自衛隊は救助要請を受諾しました。我々は海賊に捕らわれた女性を救助するための行動を開始しますよ」

＊　＊

「それで、逃げられないように毎朝必ずお酒を飲まされているの」

『なんて酷いことを……可哀想なプリム。えっ？　分かったよ、そう伝える。……副長からの伝言だよ。差し入れたお酒の中から１６８８グラン・ロゼを選んで飲めってさ。体への負担が少ないんだって』

　無線を使ったプリメーラの外部との会話は、部屋の外で聞き耳を立てているメイドのプーレに聞こえていた。

　だが無線機という装置の存在を知らない彼女にとってその会話は、プリメーラが部屋の中にいる誰かと喋っているように聞こえてしまった。

　冷やっとした思いで戸を薄く開く。

　すると見えたのは、寝台に潜っているプリメーラとその掛布の見慣れた盛り上がりだけ。誰かがプーレの知らないうちに寝室に忍び込んでいるということではない。

　だが、そうなるとプリメーラが一人で喋っていることになってしまう。

　もしかして幽霊や精霊の類《たぐ》いがいて、それと話しているという可能性もないとは言えないが――

「プ、プリメーラ様が、ついに……」

　だがアルコールの中毒は、酷いものになると幻覚や幻聴が発生するということはよく知られている。今回の場合はその可能性が最も高い。

　女王《ハーラム》の命令とはいえ、毎日毎日プリメーラを酒浸りにさせるという行為に不安を覚えていたプーレは、自分のしてきたことがついにこの事態を招いてしまったのだと思い、強い不安と恐怖、そして罪悪感を覚えたのであった。

09

とにもかくにもプリメーラと徳島は接触した。

そして石原はその場に臨席して様子をずっと監視していた。

二人の間に怪しい会話や合図はまったく見られなかった。それは間違いない。

だが、石原の睨んだ通りならば、徳島はプリメーラと何らかの意思疎通を行ったはず。きっと彼女の身柄を奪還するような動きを見せるに違いないのだ。

問題はそれが強硬手段で行われるか、あるいは密かに行われるかだ。

徳島が機関銃を片手にハリウッド映画の主人公よろしく強行突入してきて、アトランティア兵士を薙ぎ払いながら脱出したなんてことになったら目も当てられない。

徳島を引き込んだ石原の首と胴は、その責任を問われて離れてしまうだろう。それだけは避けなければならないのだ。

そこで石原は、女王《ハーラム》レディに拝謁《はいえつ》を願い出ると、プリメーラの身辺警護の厳重化を奏上した。

「つまり、プリメーラを拉致《らち》しようとする動きがあるということですか？」

「はい。そのような噂を耳にいたしました」

プリメーラを狙っているのが徳島達だと報告できるのならそれが一番手っ取り早いが、それは出来ないししたくない。だから対象をあえて明らかにせず、不特定の何かに対する警戒を厳重にと進言するしかなかったのである。

強化された警備を見て、徳島がプリメーラの奪回は無理だと諦めてくれるのが一番よいのだ。

「そのような噂が流れているとは……初めて聞く話ですね？」

石原は慌てて続けた。

「市井《しせい》に流れている根も葉もない噂話です。だから陛下のお耳にも入らないのでしょう。私も一応念のためにと思ってご報告申し上げたに過ぎません」

「セーンソム？」

「はい。王城周辺の警戒は既に厳重を極めております。王城船へ出入りする者は、三度の出入り証の確認と、手荷物検査を受けます。王城船の上空は船守りを配置して近付く者を見張っており、海中も海棲亜人種が巡回しております。ですので、これ以上の警備は過剰といいますか、ほとんど無駄かと思います……」

「イシハはこれで不十分だというのですか？」

「いえ、それでしたら問題はないかと。ただ私、どうにも心配性でして、アヴィオン諸国が何もしないで事態の進行を傍観しているとはとても思えないのです」

「肝が太いのやら細いのやら分からない男ですね」

自分の命を失うことを気にしない豪胆さを示したかと思ったら、影に怯えるような気弱さを示す。レディはその矛盾を嘲笑《あざわら》った。

「私の命で済むことでしたら何も恐れません。しかし脅《おびや》かされているのはプリメーラ様の安全であり、レディ陛下の威信です。私はそれを恐れているのです」

するとセーンソムが、忠誠心では石原に負けてないと示そうとするかのごとく言った。

「では念のために、プリメーラ様の身辺の警護に人を増やしてはいかがでしょう？　あとウルースでの兵士の巡回も増やしましょう」

「よいでしょう。許可します」

「女王《ハーラム》陛下ならびに侍従次官殿のご高配に感謝いたします」

石原は深々と頭を垂れた。

「時に、以前進言した無人島確保の進展具合はいかがでしょうか？」

「その説明は軍務長官に聞くのがよいでしょう」

レディの合図で軍務長官が一歩前に出た。

「陛下のご命令に従い、無主の島嶼に軍船を派遣して我がウルースの旗を立てて参りました」

「結構です。戴冠式と同時に公表したいので、出来る限りたくさん占領しておいてください」

軍務長官の報告に、レディは満足そうに頷く。

「しかしどの国も領有していないような無人島でよいのですか？　メギド島を除けば、小さくて草木や水どころか名前すらない無価値なものばかり。他国が領有している島であっても今なら占領できます。アーレン島、モベル環礁、カナデーラ島などは守備する兵士もいないのでお手頃です。どうでしょう？」

「いえ、戴冠式が終わるまでは、強引なことは一切不要です。大切なのは我がウルースが領土を得るばかりでなく、参列する列国の使節達が我が国土だと素直に承認できることなのです」

他国の領土を奪っては、諸外国もさすがに承認しづらいだろう。だからこそレディはどの国も領有権を主張する者のいない無主の島ばかりを選んで占領させているのである。

「これでよいのですよね？」

レディは石原に問いかけた。

「はい。多くの国から承認を受けた事実が、『門』の向こうにまで知られれば、日本はもう手も足も出せなくなります」

「それはよかったです。戴冠式の日を安心して迎えられます」

「その戴冠式なんですが、アヴィオン七カ国は参加するのでしょうか？」

石原が尋ねるとセーンソムが答えた。

「ティナエ、シーラーフを含めて半数ほどの国々が参加を通知してきています。それだけプリメーラ様の戴冠は無視できないことなのでしょう」

「自国の艦隊を騙し討ち同然に沈められておきながら、のこのこ現れるとはだらしない奴らだ……」

大臣達が嘲弄《ちょうろう》するかのごとく笑う。

「それだけイシハの策が嵌まったということです。実にお見事です」

レディは石原の献策通り、それぞれの国に使節を送り付け、策を弄《ろう》して互いに反目し合うように仕向けた。その結果がこれである。

石原は深々と頭を下げながらこう思った。

だが相手とて馬鹿ではない。無視できないからやってくるにしても、何か策を持ってやってくるはず、と。

　そして石原自身も内心ではそれを望んでいた。

　アトランティアとアヴィオン七カ国の争乱が過激化すること。それが中国政府の意向であり石原の狙いなのだ。

　しかしアトランティア・ウルースの大臣達は、そうは考えてないようで随分と楽観的だ。自分達の圧倒的な力で七カ国を併呑《へいどん》できると思っているのだろう。

「私の献策を用いていただき感謝の極み。とはいえ陛下、敵とて座して滅したくはないはず。どのような悪あがきをするかまったく分かりませんので、どうぞお気を付けください」

「そうですね。心しておきましょう。何か献策はありませんか？」

　石原は恭しく頭を垂れながら言った。

「では戴冠式を、その比較的マシだというメギド島で開催するのはいかがでしょう？　前回はパウビーノが船ごと強奪されたと聞きますが、さすがにティナエの海軍も島を引きずっていくことは出来ますまい」

「確かに、それは名案ですね！」

　パウビーノの件で口惜しい思いをしたレディは、瞳を輝かせた。

「陛下。メギド島には相応しい施設はありませんよ？」

大臣達が口々に出来ない理由を述べていく。しかし石原が言った。

「ですから、儀式は島で、その後の宴は迎賓船で行えばよろしいのです」

「つまり、メギド島にウルースを？」

「はい。ウルースの船で島を取り囲むのです。よい施設が陸上になければ、迎賓船を陸に揚げてしまえばよいのです。戴冠式に参列する外国の使節達も、メギド島でその光景を目にし、そして実際にその地に降り立てば、アトランティアを漂泊するボロ船の群れとは言わなくなるでしょう」

「……」

大臣や提督達は唖然とした。

船を陸に揚《あ》げてしまうという石原のやり方や考え方は、これまでのウルースの伝統や考えとはまったく異なっている。生粋の海上生活者の群れであるウルースが、そんなことをしてしまっていいのだろうかと躊躇いに襲われたからだ。

だがもともと帝国の人間であるレディにはそうした抵抗がない。

「イシハの提言、とても気に入りました！　使節達も船酔いに苦しめられることもないでしょう。貴方達はこの計画を早速実行なさい」

「は、はい」

大臣達は躊躇いつつもレディの意思を実現すべく動き出した。

これからウルースは、メギド島へと向かうことになる。

「本当に、お前は役に立つ男ですね」

「女王陛下《ハーラム》のお役に立てて光栄です」

再び頭を垂れた石原は、レディの中で自分の価値が上がっていく手応えをしっかりと感じ取っていた。

＊　＊

「た、助けて！」

「はあはあ、ぜえぜえ……」

徳島がオデットとメイベルに付き添われて調理場に飛び込んできた。何事かと思って見れば徳島もメイベルも、そしてオデットも肩で息をしていた。

「一体どうしたんです？」

調理場で仕事をしていた料理人あるいは給仕達を代表して、江田島が問いかけた。

「と、統括、聞いてくださいよ。なんだかここの女性達が恐いんです！」

徳島は語る。

彼を見る娼姫達の目が怪しく光るのだと。

彼に甘い言葉で誘いを掛けてきて、人目のないところに無理矢理連れ込もうとするのだと。

徳島の部屋の寝台が不自然に盛り上がってるなと思ったら、掛布の下で娼姫が裸で待っていたり、寝ている間に寝台に潜り込んできたりなんてことも起きたと。

「あれは、危なかった」

びっくりしたのはトイレで待ち伏せされていた時だろうか。こんなところで、いつ来るとも分からない徳島を延々と待っているなんてどうかしていると叫びたくなってしまった。

おかげで最大限警戒心を高める必要が出てきてしまった。

今や調理場だけが唯一の聖域というか安全地帯なのだ。だが、ここにずっと籠もっている訳にもいかず、外に出なくてはならない際は誰かに付いてきてもらう必要があった。

「楼主に申し上げて、止めてもらわねばなりませんかねえ？」

江田島は嘆息した。

「もう頼みました。けど……」

「駄目だったのですか？」

「どうも、楼主や取り持ちさんが、彼女達を嗾《けしか》けてるみたいで……」

その時、シュラがやってきて言った。

「ああ、その件なら、ボクも娼姫達から聞いたよ。なんでも司厨長と懇《ねんご》ろになったら、司厨長が在籍している間はお茶ひき免除、三年引き留めることが出来たら身請け金免除なんだってさ」

「なんと⁉」

高級妓楼とはいえ、好きで娼姫の仕事をしている者ばかりではない。

借金があるから仕方なくとか、奴隷として売買されたからとかいう事情を持つ者もいる。

そういう者にとってはお茶ひき免除……客を取らなくてよいという待遇は、望んでも得られない特権なのだ。

更に好きでこの仕事をやっていたとしても、いずれは引退を考えなくてはならない時が来る。その時に身請け金免除の特権があれば、身請けしてくれる男の経済的負担は大いに下がることになる。つまり、好きな男を自由に選べるようになるのだ。

「なるほど……それだけ徳島君の価値が強く認められた訳ですね」

江田島は、そう言えば自分にも楼主から話があったと告げた。

「徳島君が給料や待遇に不満を抱いてないかを探って欲しいと言っていました」

「で、なんて答えたんです？」

「まったく不満はないと……」

「だから彼女達を嗾けてきたって訳か……」

するとようやく息の整ったメイベルが尋ねてきた。

「でも、どうして突然」

「きっと楼主に対して、余所から徳島君の引き抜きの打診でもあったんでしょう。それで楼主の危機感が募ったのですよ」

「それだけじゃないのだ！　これにはハジメにも原因があるのだ！」

ようやく息の整ったオデットが、柳眉《りゅうび》を逆立てて言った。

「どういうことさ？」

「ハジメが他の女に興味はないってはっきり言わないからなのだ！」

するとメイベルもオデットの意見に賛同した。

「そ、その通りじゃ！　躬《み》だけが好きだとはっきり宣言しておれば、他の女達も指を咥えて見てるしかないというのに、どうにもハジメには隙がある。だから彼奴《きやつ》らは図に乗ってくるのじゃ！」

メイベルとオデットは、二人がかりで徳島の態度を責め立てた。そればかりか太鼓を叩くような感じで、ぽかぽかと徳島を叩き始めたのである。

「痛い、痛い、痛い。待った待った、二人とも！」

「ええい、罰なのじゃ」

「罰なのだ！」

そんなラブコメもどきのじゃれ合いを見たシュラは、嘆息しつつ江田島を振り返ると囁いた。

「どうするんだい、副長？　司厨長が困っているよ……」

「大丈夫ですよ。作戦決行は明日ですから」

明日になれば、プリメーラは救出される。それが済んだら、アトランティア・ウルースから退去する。必然的に徳島もこの危機的状況から解放されるのだ。

いや、オデットとメイベルの行動がより過激になったという意味では、別の危機が待ち構えているかもしれないが、それはそれ。この場での主題ではない。

「司厨長も開き直って、片っ端から手を出してみりゃいいのにねえ」

向こうから言い寄ってきているのだから、遠慮する必要はまったくないとシュラは笑った。

「そうはいきませんよ。みんながみんな、貴女のようにサバサバ割り切れる訳ではないんですから」

シュラが一部の娼姫達から大人気であることは船内でもよく知られたことだ。

シュラのほうも、徳島のような遠慮はまったくせず、欲望の赴くままに振る舞っている。おかげでシュラを巡った女同士の暗闘まで繰り広げられているという噂まであった。

「おや、もしかしてやきもちを焼いてくれるのかい？」

「まさか!?　私はただ、彼も彼なりにオデットさんやメイベルさんのことを真剣に考えてるって言いたいだけです」

「それじゃ、副長はボクとのことをどう考えているのさ？」

「もちろんちゃんと考えていますよ。貴女が好意を向けるなら、もっと相応しい相手がいるはずなのにと、いつも憂《うれ》えてます。若い人なんかどうですか？」

「同い歳の男なんてみんなガキに見えてしまってね、どうにも駄目なのさ」

「だからといって親と子ほども離れている男がよいだなんて……困ったものです」

「そんな。お願いだから困らないでおくれよ。そしてちゃんとボクを見てよ」

シュラはぷっくりと頬を膨らませると江田島をじっと見つめた。

すると江田島は慈愛の笑みを向けた。

「仕方ないですねえ」

シュラは彼の温もりを感じ取るかのように、その胸に手を這わせたのだった。


さて、対する娼姫達である。

徳島やメイベル達が調理場に逃げ込んでしまうと、娼姫達はその戸口前で踏み留まり舌打ちした。

楼主や取り持ち女から『徳島を引き抜かれないようがっちり咥え込め』と嗾けられ、猟犬のごとく解き放たれたが、もちろん日常の仕事を疎《おろそ》かにしていいと言われた訳ではない。自分達の日々の仕事はちゃんとこなさなければならないのだ。

その上、徳島の調理場での仕事まで邪魔したら、料理に影響する。客からの苦情を最初にぶつけられるのは彼女達なのだ。それでは本末転倒になってしまう。

必然的に稼働中の調理場は休戦中立地帯となったのである。

「さて、どうしたものかニャ」

開店寸前のメトセラ号。化粧部屋では、娼姫達の秘密の会議がもたれていた。

彼女達はそれぞれ互いを出し抜かなくてはならないライバル同士である。だが、己一人では目的を達成できないとなれば、それなりに共闘できるのだ。

「問題は、ミスールとメイベルをどうやって排除するかだニャ」

オデットとメイベルの守りは意外にも手堅かった。

二人は連携して徳島の身辺を固め、驚くべき嗅覚で娼姫達の待ち伏せを防ぐのだ。

するとセスラが言った。

「だったら用を言いつければ、二人を引き離せるんじゃないの？」

「さすがセスラ姐《ねえ》！　頭いい！」

「この程度で頭いいと言われても困るわあ」

逆にそんなことすら思いつかないのかと三つ目美女は苦笑したのである。

さて、その日の夜は、いつも以上に店内が賑わっていた。

この店の料理人が、アヴィオン王国女王戴冠式の祝賀会料理を担当することが喧伝されたこともあって、その料理を是非味わってみたいと初めての客までも押し寄せてきたのだ。

おかげで娼姫達は大忙しで、徳島の隙を狙うどころではなかった。もちろん彼女達が忙しいなら徳島も忙しく、調理場に籠もってしまうため狙う隙もない。だからメイベルやオデットから警戒心が少しばかり薄れてしまったのは仕方のないことなのかもしれない。

「ミスール！　第四デッキの右舷に、お酒のお代わり！」

ミケの付き人の童女から、酒が切れてしまったという報せが入る。

「分かったのだ」

オデットは大慌てで樽から果実酒をデキャンタに移して運んでいった。

「ああ、いいところに来てくれたね、メイベル」

ほぼ時を同じくして、帳場《ちょうば》前の廊下で、客間と調理場との間を行き来して忙しいメイベルにセスラが声を掛けた。

何が起きたのか、セスラ付きの童女が泣いている。

「セスラ。どうしたのじゃ？」

「お客様からいただいた耳飾りを忘れてしまったのよ。この子ったら、本当に気の利かない子だわ！」

セスラは客からの頂きものを、その客の前に出る際には身に着けるようにしている。

客も自分が贈ったものが娼姫を華やかに飾っているのを見れば気分がいいのだ。

とはいえ娼姫は客間から客間へと渡り歩く。いちいち装飾品を交換するため鏡の前に戻ってはいられない。そこで付き人である童女が装飾品を持ち歩くのである。

しかしセスラ付きの童女はそれを忘れてしまったらしい。

童女がごめんなさいごめんなさいと泣いているのを見て、メイベルもさすがに可哀想になった。

「部屋に取りに行けばよいのではないか？」

「あなたが行ってきてくれるの？」

「お安い御用だ」

「燭台《しょくだい》の前に置いてあるの。その一対だけだからすぐに分かると思うわ」

メイベルは一瞬だけ、調理場の方角を振り返る。

忙しそうな徳島を見て、少しの間なら大丈夫だろうと判断したメイベルは、メトセラ号の私室エリアに向け、跳躍して一気に階段を駆け上がっていったのである。

その身の軽さは、周囲が瞠目《どうもく》するほどだった。

「行ったねえ？」

「はい……行きました」

セスラが呟くと、今の今までめそめそ泣いていた童女もケロリとした顔となった。

娼姫見習いの彼女達がこの妓楼で一番初めに覚えるのは、同情を引くための泣き真似なのかもしれない。

「それじゃ。わたしらも行こうか？　これ以上お客様を待たせる訳にはいかないからねえ」

「はい。セスラ姐さん」


妓楼の調理場の忙しさは、一般の料理店とも旅館のそれとも違っていた。

一般の料理店は食事時になると、客が入れ替わり立ち替わりやってくる。そのため忙しさのピークが比較的長く持続する傾向がある。

これが旅館になると、同じ時刻に一斉に料理を出すので、忙しさのピークが瞬間的に聳《そび》える感じになる。

だが妓楼の場合、思い思いの時間に客は訪れ、基本的には長居することが多く、人によってはそのまま宿泊するので、この双方を折衷した感じになるのだ。

そのため忙しさのピークが過ぎると、調理場の喧噪は落ち着いていく。

そこで徳島は、自分の提案した新サービス『料理長のご挨拶』を、この落ち着いてきた頃合いを利用して行っていた。

「司厨長！　ご挨拶お願いします。ミケ姐さん、ソランジ姐さん、キュビ姐さん、そしてリュリュ姐さんのお客様がご挨拶希望です！」

客室係のメイドが調理場に声を掛けてきた。

「はーい」

徳島は一段落つくところまで作業を一気に進めると、あとのことを前司厨長のカイテルに託した。

「あとをお願いします」

「はい、お任せください」

そして手を洗うと、身繕《みづくろ》いを直して客室へと向かったのである。

「本日の料理はいかがでしたでしょうか？」

幾つかの部屋を巡り歩き、その先々で徳島はいつものように深々と頭を下げて挨拶の口上を述べて回る。

だが最後に訪れた部屋では、彼の前にいるはずの客がいなかった。

「あれ？」

窓際にでもいるのかときょろきょろ周囲を見渡してみる。だが客間にいたのは三美姫の一人リュリュだけなのだ。

褐色の肌に鮮やかな紅色の入れ墨を入れたリュリュは、一人でテーブルの前に腰掛け、徳島の振る舞いを面白げに眺めていた。

「えっと？　リュリュ、お客様は？」

「今日はうちがお客なんだ」

「ん？　どういうこと？」

「うちが自分で自分を買った。たまにそういうことをしたくなる時がある……」

一人で過ごすなら自分の部屋にいればいいのにと思うところであるが、リュリュは客間で物思いに耽《ふけ》っているのが好きらしい。

リュリュにそんな浪費癖があると分かり徳島は苦笑した。

「で、料理のお味はどうだった？」

「美味しかった。相変わらずあんたの料理は最高。さすがやんごとない方々が口にする料理を任されるだけのことはあるって思った」

「ならよかった」

徳島はそれでリュリュの前を辞そうとした。だがその時、リュリュがちょっと待ってと声を掛けてきた。

「ここに座ってほしい」

そう言ってリュリュが自分の隣の椅子を引いた。

「いや、今はそういう訳にはいかないんだ。忙しくて」

徳島の警戒本能が小さな警鐘を鳴らした。

「今、うちはお客だ。客の頼みを聞けない？」

「……分かりました」

徳島は嘆息すると、リュリュの隣に腰掛ける。すると果実酒で満たされた銀杯が差し出された。

「さあ、これを飲め。まさかうちの酒を飲めないなんて言わないだろ？　うちの酌で飲もうと思ったら、常人の年収の半分が吹き飛ぶんだよ」

「この一杯も、えらく高くつきそうだね？」

「心配は要らない。今日はうちの奢《おご》りだ」

これまでも徳島に飲めといって杯を突き出した客がいなかった訳ではない。

その場合、徳島は大抵が押しいただいて飲んできた。それだけに相手がリュリュだからと言って断るというのも理屈が通らないのだ。

仕方ないか……

徳島は、リュリュが突き出したそれを受け取ると、くいっと飲み干したのである。

「それで、あんたに聞きたいことがある」

リュリュは徳島が杯を空けるのを待っていたように切り出した。

「なんだい？」

「あんた、いつここを出て行くつもりだい？」

リュリュはそう言って、徳島のことを見据えたのだった。


一方、セスラから耳飾りを取ってきてくれと頼まれたメイベルは、セスラの部屋の豪奢な家具の上に据えられた燭台近辺を漁っていた。

だが、彼女の耳飾りがなかなか見つからない。

「もしかして、探すところを間違っているのかや？」

セスラはさすが三美姫の一人だけあって、この妓楼船の中でもことさら広い居室が与えられていた。

室内には、装飾の施した椅子やテーブルのある居間があり、それとは別に寝室まである。壁際には豪華なチェストが幾つも並び、彼女の衣装や小物などが収納されていた。

ちなみに見習いや下級娼姫となると四人部屋や六人部屋が当たり前で、中・上級の娼姫になって初めて、狭いものの寝台付きの個室が与えられる。

従って給仕でしかないメイベルも、多人数の大部屋住まいであった。

ただし、特別待遇の徳島が三美姫に匹敵する広さの個室を与えられているので、江田島やシュラ達共々そちらにいるのが常であった。

「ふむ」

メイベルは居間を探すのを諦めた。そして寝室をそっと窺った。

誰もいないと分かっているのに、息を殺すように寝室を覗く。そうなってしまうのは、きっと寝室とは主にとってよりプライベートな空間であり、他人の秘密を覗き込むような心境になってしまうからに違いない。

薄暗い寝室内を見渡すと、奥に衣裳櫃《びつ》があって燭台が置かれていた。

きっとそこに違いないと思ったメイベルは、寝室に踏み入る。

すると銀細工の耳飾りがあった。中央にセスラの銀髪によく似合う大粒の瑠璃《るり》が嵌め込まれている。

「ああ、これか……」

メイベルはそれを拾い上げると、大急ぎで戻ろうと振り返った。

だが、見れば寝室の戸口にセスラが立っている。

「あ、セスラ⁉」

失敗したと思った。

あまりにもメイベルがもたもたしていたから、待ちきれなくなったセスラが自ら戻ってきてしまったのだ。これではお使いは失敗だ。

「すまない、戸惑ってしまった。探していたのはこれでいいのか？」

セスラはメイベルの示した耳飾りに三つ目の瞳を向ける。だがすぐに視線をメイベルに戻して、ニヤリと微笑んだ。

「せ、セス……？」

何が起こったのか……メイベルは抵抗する間もなかった。セスラに抱きすくめられたと思ったら、唇を奪われたのだ。

「えっ？　えっ⁉」

そのまま寝台に押し倒され、柔らかな寝具に体がすっぽり埋まってしまう。

「ちょ、ちょっ……」

驚愕するあまり、メイベルは効果的な抵抗が出来なかった。

その間にもセスラの口腔からメイベルの口腔に何かが侵入してきてしまう。しかもそれは、喉を通って奥へと進もうとする。とても人間のそれとは思えなかった。

「ううっ⁉」

慌ててメイベルはセスラの顔を押しのけた。

「お、お前は一体⁉」

三つ目美女が怪しくほくそ笑む。

「まさかこんなところに、貴様のような亜神崩れがいるとはね」

「貴様⁉　まさか、カーリー⁉」

「おや、つい昨日今日亜神になったような雛鳥でも、わたしのことは知っているんだね？」

「神々に戦いを挑み、堕ちたお前のことを、知らぬはずがなかろう⁉」

メイベルは必死にカーリーを押しのけようとする。しかしカーリーはセスラの細腕を巧みに操ってメイベルを拘束し、抵抗を封じてしまった。

「どうした？　やはり神意の象徴を失っては、神を相手には戦えないか？」

「くっ」

メイベルは渾身の力で拘束を解こうとする。

しかしカーリーにはまったく敵わなかった。

カーリーはメイベルの衣服を剥《は》ぎ取ると、胸部の中央に手を押し当てる。

そこは本来彼女の心臓が、そして血剣ディィーヴァが収まっているべき場所である。だが今は空虚な空洞だ。カーリーはそこに手を埋《うず》めていった。

「もはや何の役にも立たないお前だが、その肉の身体はわたしの役に立つ。神格を得たお前のその体なら、わたしの魂の器に相応しい……」

「くっ！」

カーリーは嫌がるメイベルの唇に、再び己の唇を押しつけたのだった。

しばらくして、メイベルがセスラの部屋から何事もなかったように静かに出てきた。

そしてニヤリと微笑むと、脇目も振らずに階段を下りていった。

セスラの寝台には、瞳から光を失ったミスラが、ぼんやりと天井を仰いだ姿で横たわっていたのである。


「あんた、いつここを出て行くつもりだい？」

リュリュはそう言って徳島のことを見据える。いや、睨み付けたといってもいいほどに、目に力が籠められていた。

「えっ、何のこと？」

徳島は強い視線を避けるように目を逸らす。しかしリュリュの追及は緩まない。

「あんたはふらりとやってきた。だから、いつかはふらりといなくなってしまうって思ってた。その気配が、最近になってより強くなってきた気がするのさ」

「そうなのかな？　俺としては特に変わったつもりはないんだけどなあ」

「誤魔化したって無駄さ。みんなが感じてることだからね。だからこそあの楼主ですらうちらを噉けたし、うちらもあんたを引き留めようと必死になってるんだ。それに対して、あんたは何か言うことはないのかい？」

「みんなの迫力がちょっと恐いってことくらいかなあ」

「それだけ必死ってことさ。あんたがいなくなっちまったら、この妓楼は成り立っていかないんだからね」

「そうかなあ……」

徳島としては、首を傾げるしかない。

いつ自分がいなくなってもよいように配慮はしてきたつもりだったからだ。

例えば元司厨長のカイテルには、このメトセラ号で出すに相応しいレシピを三十種類は提供しておいた。

これを上手に回転させつつ新メニューを考案すれば、この妓楼の少なくとも料理については味が落ちたと言われずに済むはずなのだ。

しかしながら実際にどうなるか、ちゃんと確かめたりフォローアップ出来ないのも確かだ。徳島が期待した通りにはならない可能性だってある。

「あんたを引き留めるにはどうしたらいいんだい？」

リュリュは立ち上がると、静かに徳島の背後へと進んだ。

「あんたが欲しいのは何だい？　お金でもなければ女でもないっていうなら……あたしらは、あんたにここに残ってもらうために一体何を差し出せばいいっていうのさ」

リュリュはそう言うと、寂しげに徳島を背後から抱きすくめた。

細い腕を徳島の首にかけて、これでもかと突き出ている胸を徳島の背に押しつける。

そして徳島の耳朶《じだ》にそっと噛みつき、舌を這わせ、囁いた。

「あんたがして欲しいっていうなら、うちは何だってしてやるよ」

「え、あっ……その」

徳島の心拍数が跳ね上がった。

「これほどまで、うちはあんたのことを想ってるっていうのに。それでもあんたは見捨てて行っちまうっていうのかい？」

ぎゅうと巻き付いた腕が柔らかく締まってくる。

これがまた苦しくなる一歩手前の力加減で絶妙だった。こうも必死さが伝わってくると、徳島は己の罪深さを感じて振り払うことも出来ないのだ。

だがその時である、オデットの声がした。

「あー、お取り込み中、済まない。だが、ハジメは別に気にする必要はないと思うのだ」

「はっ!?」

気が付くと、戸口にオデットがいて、険しい表情で二人を見つめていた。

ここまで走ってきたのか、彼女の肩は激しく上下している。

「ハジメ、知っているか？　リュリュの得意技は情に訴えかけるやり方なのだ。男を虜にするには、弱いところを見せて情に訴えかけるのが一番だと常々言っていた。ふむふむ、こうすれば上手くいくのだな？」

オデットはニヤリと微笑みながら、徳島の首に巻き付いたリュリュの腕に指先を向ける。

いつの間にか徳島も彼女のその手に触れていたのである。

徳島は素に返って、慌てて手を離した。

「ちっ……今日のところはここまでみたいだね」

すると、リュリュもこれ以上意味がないと見たのか、悔しげな表情をしつつも徳島を解放したのであった。

「危なかったあ。オデットのおかげだよ。ホント助かった」

リュリュの客間を後にした徳島は、オデットに礼を告げた。

「……」

だが、オデットは少しばかり拗ねた表情をして黙り込んでいた。そしてリュリュの客間から十分に離れると、堰《せき》を切ったように詰《なじ》り始めたのである。

「なんであんな風にリュリュと二人きりになって迫られることになったのだ？　ハジメのほうに隙があったんじゃないのか？　迫られて困ってるなら、なんで助けを呼ばなかったのだ？　叫べばよかったのだ。そうしなかったのは、何か後ろめたいことでもあったからではないのか？」

「うわっ……」

「リュリュに抱きすくめられて嬉しかったんじゃないのか？」

「ないないない！　びっくりしてそれどころじゃなかったし」

徳島はオデットのどす黒い嫉妬心のオーラを一身に浴びることになった。

「本当か？　でも気持ちが揺れたんじゃないのか？」

「揺れてない、揺れてない！」

「本当の本当か？」

「本当だって。本当の本当！　お願いだから勘弁して」

「だめなのだ。今日という今日は、勘弁してやらないのだ！」

オデットの斜めになった機嫌を直してもらうため、徳島は後日二人だけで食事に行くことや一日一回は二人きりになる時間を持つことなど、様々な約束をしなければならなかったのである。

＊　＊

東京都中央区築地――

帝国の駐日大使グレンバー・ギ・エルギン伯爵は、首相官邸へと向かっていた。青ナンバーの付いた黒塗りの乗用車には、親友にして魔導師でもあるアー・ド・モアも同乗している。

「アー・ド・モア。高垣総理から直々のご招聘《しょうへい》とは一体何の用だ？」

「驚いたな」

「何がだ？」

「大使たる君が、日本政府との懸案事項を把握していないことをだ」

「お前が把握している。それでよいだろう？　大使たる私が何で細々《こまごま》としたことまで全部承知してなきゃならん？　優雅さに欠けるよ」

アー・ド・モアは大使とともに冒険者として活躍した仲間でもある。

笹穂耳を持つグレンバーとともに、互いに背中を預ける関係で生き抜いてきた。それだけに長所も短所も全て弁《わきま》えている。

グレンバーの欠点は、エルフという種族的な理由もあるのだろうが、何かにつけて優雅さに拘るところであった。

「我が帝国と、日本政府との間には懸案事項が幾つかあって外務省と協議中だ。だが、高垣総理から話があるとすれば、先月日本が保護したパウビーノの少年達引き渡しの件か、領土交換協定の件かどちらかだろう」

「ふむ、その二つか。依存性薬物の問題については興味もあって私も調べてみた。その治療は医学の進んだこの国でも難しいらしいな。私に任せてくれれば、精霊魔法でどうにかなるが、さすがにその話を日本政府が持ちかけてくるとは思えん。となると、残るは領土交換の件か。しかしそれにしたって早過ぎる。確か日本の調査員がカナデーラ諸島に赴いたばかりのはずだが？」

「そうでもないぞ。既に現地から海水サンプルも送られてきているしな」

「お前、よく日本の内情を知っているな」

「別に秘密でもなんでもない。先週の外務省との実務者懇談会で話題に上がった。もっぱら主題は現地に派遣された調査員の件だったんだがな。あの男がアルヌス側に行くなら、どうして前もって知らせてくれないんだって帝都から苦情が来たんで、日本側に伝えておいたんだ……」

「その調査員っていうのは、もしかして女帝陛下が未だに独身を貫いている理由の男か？」

「そうだ」

「困ったもんだ……」

国と国との協議の場で、政治から距離を置く一個人の動向が話題に上がってしまうのも、帝国が君主制の国家であり、その一個人が君主に対して絶大な影響力を持っているからだ。

帝国の元老院における一部の政治勢力が、その男の影響力を利己的に利用しようとしているらしい。

「対象が日本にいる限りは何も出来ないから放っておいてよかったんだが、今回の急な動きにはさすがの枢密院《すうみついん》も慌てたという。せめて前もって知らせてくれと言っていた」

「まあ、彼をどうこう出来る人間はいるまいよ」

「ああ。強硬手段を心配している者はどこにもいないな。彼自身、炎龍を斃《たお》した英雄の一人でもあるし、傍らにはエムロイの使徒までいる。だが、他人を思うがままに操る方法はそればかりじゃないだろう？　説得、贈賄、詐欺、人質をとる、あるいは色仕掛けなどなど盛りだくさんだ。枢密院も気を遣っているのさ」

「ふむ……どれも彼らの得意技ばかりではないか。彼らはどうも自分の影にびくついているようだな」

「臆病というのも、ああいった仕事をする上では必要な資質の一つだからな」

「それで、今回の話題が領土交換の件だとしたら、どういった話だと思う？」

　大使は腹心の友に尋ねた。

「そりゃ当然、『その話はやっぱりなかったことにしましょう』か、あるいは『話を進めましょう』のどっちかだろう。この時期に持ちかけてくるんだ。可能性としては、前者に傾くと思うが……」

「サンプル調査で悪い結果が出たということか？」

「あるいは何らかの情勢変化があったかだ」

「情勢変化？」

「この国、日本の置かれている状況は承知しているな？」

「無論。この国はアメリカ合衆国と中華人民共和国、ロシア共和国という超大国に取り囲まれている。その中で生き残るために、日本政府はアメリカを頂点とする市場経済主義陣営のナンバーツーとなる道を選んだ。大戦に敗れ、その頚木に組み敷かれた状態では、それ以外に選択肢はなかったとも言えるがな」

「そうだ。だが、優良な資源を手にすることは、日本のその地位を良くも悪くも揺るがすことになる。日本政府はそう判断したのかもしれない」

大使館の車両は、二人がそんな会話をしている間に首相官邸の門を抜けたのだった。

「本日は、急にお呼び立てして申し訳ありません」

首相の高垣は、グレンバーの姿を見るや自ら手を伸ばして握手を求めた。

「いえいえ、総理のお呼びとあらば、いつでも伺いますとも」

握手というこちらの習慣に未だに慣れないグレンバーは、手を出し遅れた。どうにか高垣の手を握ることが出来たが、慌てた分優雅さに欠ける振る舞いになってしまった。

「一体どういったご用件ですか？」

高垣はグレンバーを長椅子へと案内した。

「皇帝陛下ご来日の際にお話のあった、アルヌス州の一部とカナデーラ諸島の交換の件です」

「調査は順調ですか？」

「海底油田の正式な調査結果はまだ出ておりません。しかし政府内で検討した結果、調査結果の如何を問わず、今回のご要望にお応えするという方針で固まりました」

グレンバーは首を傾けた。この話はなかったことで――という言葉が出ると思って身構えていたからだ。

「ほほう？ これはまた一体どういう理由で？」

「理由は幾つかありますが、大使には、帝国との関係を今以上に進展させておきたいからだと申し上げておきましょう」

「つまり、海底油田についてはそれほど重きを置いていない？」

「今のところ、重きを置く必要がない。ということです」

グレンバーは高垣の放った言葉のニュアンスを口内で舐《ねぶ》った。

「今のところ、ですか？」

ここに――アクセントがある。

それに気付くと、グレンバーは日本政府、そして高垣の意図が透けて見えた。

日本政府は、何かを警戒している。そのため、カナデーラ諸島に油田があると確認できないうちに、この話をまとめてしまいたいのだ。

「そうですか。承りました。高垣閣下のお申し出を早速本国にお伝えいたします。高垣閣下のご英断、ピニャ陛下もきっと喜ばれるでしょう。細かい条件については担当者同士に協議させることにいたしますが、この件は大至急進めるべき案件ということでよろしいですね？」

「はい、まさに。大至急でお願いいたします」

「この件を素早く、周囲の様々な反応が起きないうちにまとめてしまうことは、ピニャ陛下の御心に適うことでもあります。ではわたくし、取り急ぎしなくてはならないことが出来ましたので、本日のところはこれにてお暇《いとま》いたします」

　グレンバーはソファーから立ち上がると、今度こそ優雅に決めてやるという思いから、自分から手を伸ばして高垣に握手を求めたのだった。

10

アトランティア・ウルース外来船埠頭《ふとう》／ミスール号船内

徳島は実包《じっぽう》の箱から真鍮《しんちゅう》色に輝く弾丸を摘まみとると、変形や異常がないことを確認してから九ミリ拳銃の弾倉に押し込んだ。

金属の擦れる音が一回するたびに、九ミリ・パラベラム弾が込められていく。

映画やドラマの戦闘シーンでは景気よくばら撒《ま》かれる弾丸だが、実際にそれを使用する際には、一人一人がこうやってちまちま弾を込めているのである。一分間に何千発という勢いで連射できるような機関銃の場合、その裏で凄まじい手間と時間がかけられているのだ。

自衛隊採用の九ミリ拳銃は、弾倉一つに九発の弾丸を詰めることが出来る。

今回は徳島と江田島の分で拳銃二丁、弾倉は六個用意した。

都合、五十四発の弾丸を一つずつ込めていく。

そして弾倉を拳銃に差し込み、甲高い金属音とともに弾丸を薬室に装填《そうてん》する。

安全装置をかけた二丁をそれぞれビニール袋に入れ、献上品として作ったケーキのスポンジに埋め込んだ。そして上からホイップクリームを被せていく。

まさかケーキの中に武器が入っているとは誰も思わないに違いない。今日はケーキを提出する予定はなかったが、そんなことまでは警備の兵士は知らない。女王陛下の口に入る品物であると告げれば、警備兵も遠慮してケーキの中まで調べようとはしない。

王城船内に無事入ったら拳銃を取りだし、ケーキは箱ごと捨ててしまえば良い。

金属探知機のある銀座側世界ではもはや通用しなくなった古典的手法だが、こちらではまだ使えるやり方であった。

衣服はこのアトランティア・ウルースの人々の中によく馴染む現地調達のもの。ただし、王城船に出入りする以上は清潔感がないといけないので、綺麗に洗って火熨斗《アイロン》もかけた。

プリメーラとレディの下絵イラストも、見事に完成していた。

「徳島君、準備は出来ましたか？」

「はい、出来ました」

江田島は作戦指揮官の視線で徳島の装いをチェックした。徳島の描いた二枚のイラストにも目を通す。

「ふむ。よく描けていますね」

「ほんとだ、プリムの笑顔がうまく描けてるよ」

シュラがやってきて、イラストケーキの下絵を褒めた。

今日はこの下絵イラストを王城船に提出する。

もしレディとプリメーラの二人が気に入れば、このイラストが戴冠式本番のケーキを飾ることになるだろう。もちろん気に入らないと突き返されれば、その都度手直しをしなければならない。だがそれは特別なことではない。もともとこの手の仕事は一度で終わるはずもなく、発注者と制作者の間で頻繁に打ち合わせをしたり、訂正と修正を繰り返したりするものなのだ。

「でも、なんだかもったいないね」

シュラが言った。

「どうしてそう思うのですか？」

「今日の作戦が上手くいけば、プリメーラの戴冠式はなくなるだろ？　彼が苦労して作り上げた菜譜《メニュー》も、この下絵も無駄になってしまう。だったら王城には、ささっと適当に描いたものを渡してしまえばいいんだ。そしてこの絵はボクにおくれよ」

「ダミーの小道具であっても手を抜かない。それが徳島君の職人魂なんですよ」

徳島は二枚の下絵を重ねると、汚れないように布で包み込んだ。

「シュラ、オデット、二人の準備はもういいのかい？」

見れば、シュラは変装を解きティナエ海軍艦長の姿となっていた。

手配書にある似顔絵の姿だ。この姿で外に出ようものなら、瞬く間にウルース中の海賊や兵士達が追いかけ回すだろう。

対するにオデットは、プリメーラのドレスを纏《まと》ってピンクのカツラを被っていた。どうやらプリメーラに似せようとしているらしい。厚手の化粧に努力の軌跡が窺《うかが》える。しかしこちらのほうは残念ながらプリメーラのコスプレにしかなっていなかった。

「ちょっとイメージが……」

「むう……」

徳島が苦笑すると、オデットはむくれ顔をした。だが仕方がない。翼皇種《アヴィ》という神秘的な種族の持っている印象は、衣裳や化粧程度で覆い隠せるものではないのだ。

江田島は二人の姿を確認すると告げた。

「いいですね？　君達の働きがこの作戦の成否を決める肝となるでしょう。これまで時間をかけて準備してきたのもそのためです」

「大丈夫だよ、カダット海尉達とも念入りに打ち合わせをしたから」

シュラは顔を隠すように頭に布を巻いた。

オデットもピンクのカツラを隠すように布を被っている。彼女達がその姿を曝《さら》すのは、タイミングを見計らわなければならない。

「ならば、あとは成功を祈るばかりです」

その時、徳島がいつもの顔ぶれが一つ足りないことに気付いた。

「ところで、誰かメイベルを知らない?」

「そういえば、見てないのだ」

オデットが肩を竦める。すると江田島が言った。

「ああ、今回の作戦では彼女に役割はありませんので、メトセラ号に残って仕事をしているはずですよ。我々がそっくりいなくなっては、メトセラのみんなに全員で夜逃げしたかと疑われかねませんからねえ」

「そうなんですか?」

徳島は首を傾げた。こういう時、メイベルだったら役割がなかったとしても、一度くらいは顔を見せに来ようとするはず。それだけに違和感があるのだ。

「それではみなさん。作戦を実施します。各自、自分のすることをもう一度確認してください」

だが、作戦前の慌ただしさに徳島はそれを忘れることにした。

そして江田島の合図を受けると、ミスール号の乗組員達、シュラ、オデット、そして徳島はそれぞれが配置へと進んでいったのである。

王城船への道のりは、既に何度も通っている。

おかげで迷うこともないのだが、何度も通ったが故に今日の風景がいつもと違っていることに気付いた。

「統括、なんか警備兵が多くありませんか？」

「何かあったんでしょうかねえ？」

王城へと向かう通路では検問が行われていた。

検問を通るための長い行列が出来ていて、前を進む人々は荷物を隅々までチェックされている。

徳島も江田島も後ろ暗い陰謀を抱えている身だ。決行日に起きた普段との違いは大いに気になった。

「これって、まずくありませんか？」

徳島は拳銃を隠したケーキの箱を軽く叩く。

ある種の亜人種は嗅覚に著しく敏感だ。ケーキの香料が機械油の臭いを覆い隠してくれるはずだが、すんなりと行くかどうかはやはり気になってしまう。

「大丈夫ですよ。これは我々の拘束を目的としたものではないはずですから。余計な疑念を抱かれないよう堂々としていましょう」

「はい。そうします」

「とはいうものの、気になりますねえ。おや、あの方は……徳島君。ちょっと一緒に来てください」

その時、江田島は検問する兵士達に知り合いを見つけたようだった。

「トラッカー海尉！」

江田島が声を掛けると、検問をしている兵士の指揮官が駆け寄ってきた。

「なんだ、あんたか？」

トラッカーは江田島の顔を見るとそう返してきた。

「一体何があったんですか？　このままだと、私達、約束の時間に参内できなくなりそうなんですが」

「我慢してくれ。こっちも上からのお達しで警備を厳重にしろと言われているんでな」

「大変ですねえ」

「あんた、今日も王城か？」

「はい。これを女王陛下《ハーラム》にお届けするんです」

江田島にケーキの箱を預けた徳島は、下絵を覆っていた包みを解いた。

「ほほう。これは女王陛下《ハーラム》の姿絵か……こちらの桃色の髪の女性は誰だ？」

「今度、アヴィオンの女王になられるお方です。王城船にいて、ご存じありません？」

「実は俺、まだお目にかかっていないんだ。へぇ、美人じゃないか。しかも薄桃色の髪なんて、そそるねえ」

「近衛兵の方なら皆さんご存じかと思ったんですが……」

「欠員を埋めるために呼ばれた俺みたいな連中は、近衛といっても王城周りや喫水線以下の船倉が仕事場になることが多くてねえ。お偉いさんの顔を直接見る機会なんてなかなかないんだ。で、そっちの箱はなんだ？　なんかいい匂いがするぞ」

トラッカーは江田島が持つ箱にも興味を持った。

「今日の献上品ですよ」

「どれ、見せてみろ」

江田島は仕方なく手にしている箱を開けた。

すると、中にはケーキが入っている。それを見たトラッカーは無造作に指を突き立てようとした。

中に拳銃が隠してあるだけに徳島の背筋に冷たいものが走った。

「これっ、いけませんっ！　女王陛下《ハーラム》が食されるかもしれないんですよ！」

さすがに江田島が止めた。

「いいだろ？　ちょっとだけ。ほんのちょっと、箱の縁《ふち》に付いてる部分だけでいいからさ」

「仕方ないですねえ」

トラッカーは箱の縁に付いたクリームを指でこそげおとして口に咥えた。

「うーん、甘い、美味い、何度も食いたくなる味だ。今度まるごと食べてみたいねえ」

「そりゃ、最高級のお菓子ですからねえ」

いくら褒められても徳島としては苦笑いするしかなかった。

だが、このひと口が賄賂として作用したのかもしれない。近衛兵トラッカー海尉は鷹《おう》揚《よう》に検問兵に告げた。

「よし、この二人は確認した。通してもいいぞ！」

「レディ陛下、ならびにプリメーラ様の姿絵をお持ちしました」

徳島達は王城船の通用口に到着すると、アヴィオン王国宰相への面会を求めた。

打ち合わせで何度も訪れただけに検査にも慣れている。

検査する兵士のほうも、徳島や江田島のことを覚えていて、形通りの手続きだけで通ることが出来たのである。

徳島は待遇に変化がないのを見て言った。

「統括。どうやら俺達が怪しまれて警戒が厳重になったという訳じゃないようですね」

「ええ。でもかえって気になりますねえ。一体どういった理由なのでしょうか」

徳島達は小謁見室へと通される。

しばらく待っていると宰相の石原がやってきた。

「おお、二人とも、待ってたぞ！　下絵は出来たか？」

「こちらです」

布を外して二枚の絵を見せる。

「おおっ！　すごくいい絵じゃないか？　徳島のデッサンというか、下書き？　あれを見た時は一体どんな絵が出来上がるのか心配だったんだが……」

「知ってますか？　料理にしても絵にしても、創作物は完成してない段階で評価してしまうと、関わった全員が不幸になるんですよ」

徳島は取り繕うように言い訳した。

「いいねえ。豪華に額装して、こういう謁見室の壁に飾ってもいいかもしれない」

石原はそれを小謁見室の椅子に並べ置いた。

するとプリメーラがプーレに付き添われてやってきた。

いつものように酒精を飲んでいるのか頬を赤くしている。足取りもやはり不安でメイドが傍らで心配そうに見守っている。

「今日も朝からお酒ですか？」

「ええ、そうよ。毎朝寝起きから飲まされているの。おかげであの１６８８ってスプマン、すっかり飲みきってしまったわ……」

それを聞いて江田島が石原に正対する。

「石原さん、様々な事情から、姫様がこの国の虜囚の身の上だということは私どもも承知しています。日本でも、戦国時代に隣国の世継ぎを人質に取ったことがありました。ですからそのことを野蛮だ何だと批難しようとは思いません。しかし酒が過ぎれば毒となることは、日本で教育を受けた貴方なら分かっているはず。これを見過ごしていることは共犯者も同じですよ」

「わ、分かってるよ。でもしょうがねえだろ？　レディ陛下直々のご命令なんだから」

「ああ、プリメーラ様。なんとお可哀想なのでしょう」

プーレが当てつけのように言うと、即座に石原が突っこんだ。

「はっ、そう言いながら、実際に姫様に酒を飲ませているのは誰だ？」

「そ、それは……私です。だってレディ陛下のご命令には逆らえませんから」

プーレはそう言うと俯いてしまった。それは自分の罪深さに耐えかねているという表情だった。

「どうかプーレを責めないであげてください。この娘もレディに命じられて仕方なくしているだけなんですから……」

「ああ、プリメーラ様。なんとお優しい。プーレはよい主に巡り会えて幸せです」

プーレは感極まったかのごとく言う。そして主従二人はしっかりと抱き合った。

「ホント、二人とも仲良しさんだこと。そんなことよりプリメーラ様、下絵が完成いたしました。どうぞご覧ください」

石原の露骨なまでの話題転換である。

「素晴らしいですわね。これがケーキに描かれるのですね？」

「はい。ご注文はございませんでしょうか？　ご指示があれば修正いたしますが？」

徳島が問いかけるとプリメーラは微笑んで頭を振った。

「いいえ、このままで結構です」

徳島と江田島は恭しく一礼した。

「戴冠式の日を……楽しみにしていますよ」

プリメーラは徳島と江田島にそう言い残すと、上機嫌そうに謁見の間から出ていったのだった。


「やったな、徳島。どうやらプリメーラ様に気に入っていただけたようだぞ」

石原が徳島の肩を叩いて祝福する。

「ええ、ありがとうございます」

「この調子で、レディ陛下にも気に入ってもらえると良いな」

プリメーラが立ち去ると、やがて入れ替わるようにしてレディが小謁見室へとやってきた。

レディは侍従次官のセーンソムを引き連れていた。

「料理人トクシマ。あなたが来るのを待っていましたよ」

徳島は恭しく頭を垂れる。

「はい、私も再び陛下の謁《えつ》を賜《たまわ》るのを楽しみにしておりました」

「それで、姿絵はどこです？」

「こちらです」

石原がレディを、椅子に並べた絵の前に誘った。

「こ、これは……」

レディはその姿絵を見て絶句した。

その絵は、レディを生き写したように見えたのだ。

もちろん姿絵などは帝都にいる時に何枚も描かせてきた。

国一番の画家を招いて描かせた等身大の姿絵は、未だに皇城に飾られている。しかしこのアトランティアは、芸術方面で人材が育つ環境にはないので、精巧な肖像画を描く画家はいなかったのだ。

「素晴らしい出来映えですわね。料理人にしておくのが惜しいくらい」

レディは手放しで賞賛する。しかしこのイラストは隠し撮りした写真をただなぞって描いたものだ。それだけに徳島としては面映ゆい。トレパク（トレースのパクリ）をしていることを隠して神絵師だと褒められる人間の心境も、きっとこんな風に複雑なのだろうと思ったりした。

「どこか手直しのご要望はございますか？」

「そうですね。瞳の色をもっと明るく。それと肌の色も……」

プリメーラと違って、レディは次々と注文を出していった。

徳島はメモを取り出して注文事項を箇条書きで書き留めていくが、レディの注文は一枚や二枚では収まりきらないほどであった。

「かしこまりました。今一度下絵を描き直してお持ちいたします」

「頼みましたよ。ところでこの姿絵は置いていってくれますね？」

「ご要望の修正を施した絵でなくてよいのでしょうか？　出来ることでしたらケーキを完成させた後に、陛下に相応しい額装をして改めて献上いたしたく思いますが」

「これはこれで気に入ってますから、手元において鑑賞したいのです」

「かしこまりました。修正したものは修正したもので別にお持ちいたしましょう」

徳島は江田島とともに恭しく頭を垂れる。こうして打ち合わせは無事に終えた。

「ご注進！　ご注進！」

しかしその時、血相を変えた近衛兵が駆け込んできた。

「何事ですか、騒々しい！」

セーンソムが、ここはそのような不調法が許される場ではないと兵士を叱りつける。

しかし兵士も今はそんなことを気にしている時ではないとばかりに叫んだ。

「城下に手配書の女が現れました！　シュラ・ノ・アーチです！」

それを聞いた徳島は、江田島と視線を合わせて小さく頷いたのだった。


シュラ・ノ・アーチの名はアトランティア・ウルースでは既に伝説と化している。

もちろん、憎い敵としてだ。

しかし堂々と敵中枢へと乗り込んできて、欲しいものの強奪を成功させるというのは、海賊にとって血が熱く滾《たぎ》る憧れの行為でもあるため、尊敬の対象としても語り草となっていたのである。

だからどれほど彼女の悪口を叩いた後でも、最後はこのやりとりで終わる。

「とはいっても、奴は凄えよな」

「ああ、ほんとにな」

だからこそ、シュラを捕らえることには海賊達の血も騒ぐのだ。

あのシュラを捕らえたとなれば、自分も伝説となれるからだ。その名は世界中の海賊達に轟《とどろ》くことになるだろう。

しかもあのシュラは女だ。男勝りの女だが、それでも女だ。

奴の首を賞金に換えてもいいが、手元に置いて女房にしたって――いや海賊稼業の相棒にしたっていい。そんな思いが海賊達の士気を嫌でも燃え上がらせるのである。

「トラッカー海尉、あれを見てください！」

王城船近くで検問作業をしていた兵士が叫んだ。

見れば彼らの眼前を、手配書にある姿絵そのものの眼帯女が、薄桃色の髪をした女を担いだまま通過していったのである。王城船へと向かう者は調べても、遠ざかる者に対しては無警戒だったので止められはしなかったが、さすがに周囲の注目を浴びていた。

近衛兵士の一人が言った。

「おい、あの担がれてる女ってもしかしてプリメーラ様じゃないのか？」

「まさか？　警戒厳重な王城船から連れ出せる訳ないだろ？」

「でもよ、あの桃色の髪は……」

トラッカーが尋ねる。

「お前、プリメーラ様を見たことがあるのか？」

「いえ、チラとしか。けど大臣の就任式の時に式典警護だったので、桃色の髪は覚えてます」

「そんなのは俺だって知ってる」

とはいえまったくの無視は出来ない。トラッカーは、舌打ちすると部下を半数に分けた。そして半分は追跡、半分はここに残って検問作業を続けろと命じたのである。

「俺は奴らを追う。お前達はここに残れ！　それと誰か、王城船にこのことを知らせるんだ！」

トラッカーは検問隊の半分を率いるとシュラ・ノ・アーチの追跡を始めた。


「追え、追え！」

気が付くとウルースを警備する兵士達が血眼《ちまなこ》になってシュラを追っていた。巡邏《じゅんら》の警備兵、検問の近衛兵、そして駐屯の海兵。それらが次々と湧いてきてシュラと桃色の髪の女を追跡する人数に加わっていく。

遅ればせながらトラッカーと部下もその一団に加わった。だが、女性一人を担いでいるというのにシュラの足はなかなかのもので、追いつくにはしばらくかかりそうであった。

「あっちか、よし。先回りしてやる。お前達付いてこい！」

するとシュラを追跡する指揮官の一人が部下を率いて脇道に逸れていった。回り道をしてシュラの進路に先回りしようというのだろう。

しかし船と船とを繋いで作ったウルースの通路は、さながら迷路のようになっている。迂闊に道を逸れると、その先では舷梯《げんてい》が渡されていないなど袋小路のように行き場がなくなっており、かえって追跡の群れから零れ落ちてしまった。

「トラッカー隊長！　奴ら行き止まりにはまったみたいです」

「分かってる。くそっ！　使えない味方だぜ」

いつの間にかトラッカーがシュラ追跡の先頭になっている。シュラを捕らえるにはこのまま追い続けるしかないようであった。

「あと少し、あと少し」

ただ後を追うことに専念したのが幸いしたのか、距離が次第に詰まっていく。

見ているとシュラは薄桃色の髪の女性を肩に担いだまま、舷梯を駆け上って中型の輸送船へと乗り込んでいく。そしてその向こう側へと姿を消した。

「見失うな！」

トラッカーも追従して輸送船へと渡る舷梯を駆け上がった。

しかし再び視界が開けたその時、シュラと桃色の髪をした女性の姿は見えなくなっていた。

「くそっ、どこに行った」

するとその時、部下の一人が遠くを指差す。

「隊長、あれを見てください。あんなところに！」

すると、既に三隻もの船を越えた向こうにシュラの背中が見えたのである。先ほどと違って桃色の髪の女性が自らの足で走っている。

「いつの間にあんなところまで……」

「追え、追うんだ！」

トラッカー達は開いてしまった両者の距離を縮めるべく、再びその背中を追ったのである。


「城下に手配書の女が現れました！　シュラ・ノ・アーチです！」

現場から駆けつけてきた伝令兵の報告を聞いたレディは目を剥《む》いた。

「なんですって？　私のパウビーノ達を根こそぎ浚っていった女がまたしてもこのアトランティア・ウルースに乗り込んできたと言うの？　何かの見間違いではなくって？」

「間違いありません！　桃色の髪をした女性を担いで逃げていきました」

「桃色の髪ですって？」

レディは絶句した。桃色の髪と聞けば、誰もがプリメーラのことだと思うのだ。

「う、うそ。どうやって……」

江田島と徳島がレディを見ている。

セーンソムがレディを見ている。

近衛兵達もまたレディを見ている。

そして石原までもがレディを見つめていた。

みんなレディの指示を待っているのだ。

だが、レディは呆然としているだけで何一つ指示が出来なかった。こんな時どうすればいいか、まったく頭が働かないのだ。

その時、石原が言った。

「おい、お前達、プリメーラ様の部屋に行って彼女がいるか確かめてこい！」

「はっ、はいっ！」

近衛兵が二人、弾《はじ》かれたように走っていった。

それを見送ると石原は続けた。

「レディ陛下、直ちに全軍に出動を命じてください。あらゆる船に対し、ウルースから出ることを禁じるのです。そして陸戦隊とか海兵隊を動員して、シュラとかいう女を追わせるのです」

「……そ、そうですね。イシハの言う通りにするのです」

レディが石原の命令を追認する。すると石原は更に続けた。

「センソム殿。直ちに軍の指揮官達を集めてください！」

「分かりました」

センソムまでもが石原の部下になったかのように回れ右して走っていった。

そして近衛の兵達によって桃色の髪をした女が連れてこられたのである。

「よかった。プリメーラはいたのですね？」

その姿を見てレディが胸を撫で下ろす。

しかし近衛兵は言った。

「ちっともよくありません」

近衛兵は女の髪を掴んで引っ張る。すると桃色の髪が取れ、その下から艶やかな黒髪が現れた。

「お、お前は誰？」

レディはまじまじと女の顔を見つめた。

そこにいる黒髪の女は、顔立ちこそプリメーラにそっくりだったが、髪の色だけでなく眉や睫《まつげ》、瞳の色までも違っていた。頬や顎周りはプリメーラよりもふっくらとした印

象であった。

「ま、まさか……」

レディはその女に顔を近付けた。

酒浸りにさせてあるプリメーラならば酒精の匂いがするはずだ。寝起きばかりでなく朝食時にも追加して飲ませたのだから間違いない。しかし目の前の女からはまったく酒精の匂いがしなかったのである。

レディは叫ぶ。

「この女は偽物です！　お酒の匂いがまったくしませんから別人です！　プーレ！　お前は一体何をしていたのです⁉　プリメーラの監視がお前の仕事でしょう？」

レディの刺すような視線がメイドに向かった。

「も、申し訳ありません。部屋に戻ってから気持ち悪いとおっしゃって寝台に入られたので、ずうっとプリメーラ様だとばかり……」

「すり替えられても気が付かないだなんて、この愚か者め！」

レディは腹立ち紛れにプーレの頰に平手を振り下ろした。

甲高い音とともにプーレが床に崩れ倒れる。だが、メイドはそのまま額を床に擦り付けてレディの足へと縋った。

「本当に、本当に申し訳ありません！　どうか命ばかりは……」

レディは、憎々しげに黒髪の女を睨み付けると尋ねた。

「お前は一体何者ですか？」

黒髪の女はレディの剣幕に怯えているのか全身を震わせながら、そしておどおど、もごもごとした声で答えた。

「ひぃ、お、お許しを。わ、わたしは妓楼の女です。連中に刃物で脅され、薬で眠らされて、気が付いたらこうなってて……」

「きぃいぃい！　お前達も直ちに追いなさい！　シュラ共々、プリメーラを必ず捕らえるのです！　いいですね！」

「はっ！」

近衛の兵士達は、謁見の間から慌てて飛び出していった。

「申し訳ありません！　申し訳ありません！　どうぞ命ばかりはお助けください！」

レディは自分の足にまとわりつくプーレに気付いて忌々しそうに蹴った。

「お前なんか二度と見たくない！　望み通り命だけは助けてやりますから、その女共々消え失せなさい！　二度と私の前に姿を現さないように。いいですね！」

「は、はい」

プーレは萎々《しおしお》とした足取りで立ち上がると、黒髪の女とともに小謁見室を後にしたのであった。

徳島と江田島は、小謁見室の隅に追いやられていた。

この部屋は狭いため、次々とやってきては出て行く兵士達の邪魔になっていたからである。

そして最後には押しのけられるように小謁見室の外へと追いやられてしまった。

廊下に出てしまうと徳島は石原を小声で呼んだ。

「石原さん。俺達どうしましょう？」

「ああ、すまん。見ての通りの有り様だ。悪いが今日のところは帰ってくれ」

「分かりました」

「何かあったらメトセラ号に連絡する。何もなくても、ミッチには逢いに行くけどな、はっはー」

「っていうか、戴冠式は出来るんですか？　準備だけでも相当の費用がかかってるんで中止になると大赤字なんですけど」

「大丈夫。出来るに決まってる。万が一ぽしゃったとしても、金は払ってやるから心配するな」

「そう言ってもらえたら安心です」

　こうして徳島と江田島は二人して大混乱する王城船を後にしたのである。

　レディの命令が出ると、アトランティア・ウルースの騒ぎは輪をかけて激しくなった。

　シュラとプリメーラが逃げた方向へ、兵士達が鎧や剣のぶつかる金属音を鳴らしながら次々と向かっていくのだ。

「今から追いかけて間に合うのかよ」

「上からの命令だ。従わない訳にはいかんだろ」

　そんな愚痴話をしながら走っていく兵士達もいた。

　おかげで王城船を出た徳島と江田島は、何度も何度も通路の脇に避けて先を急ぐ兵士達に道を譲らなければならなかった。

「ん？」

　だが、すれ違おうとした瞬間、兵士の一人が立ち止まった。

「おい、お前」

「ひ、ひゃい！」

兵士が目に留めたのは、徳島の背中に隠れた黒髪の女だった。

とても庶民とは思えない豪奢な衣服を着ており、しかも王城勤めのメイド服姿の娘と並んでいるのが気になったのだ。

徳島と江田島は腰に手を回して、いつでも拳銃を抜けるように身構えていた。

「何でしょうか？」

プーレが抗議口調で問いかけると、兵士はすぐにその険しい表情を緩めた。

手配がかかっているプリメーラ姫は桃色の髪だと伝えられている。目の前にいる女とは外見の特徴が異なっていた。

「いや、行っていい」

兵士は、すぐに先へと進んだ仲間を追いかけるように足早に進んでいった。

「はぁ」

徳島は深々と溜息を吐いた。

するとプリメーラも徳島の腕に縋って吐露した。

「わ、私も緊張しました」

「でも、プリメーラさん。お芝居は上手に出来てましたよ」

「か、からかわないでください。わたくしだって必死だったんです！」

「酔姫様からお話は伺っていましたけど、こんなにも上手くいくだなんて思っていませんでした」

プーレの声は微《かす》かに震えていた。

「でも、不思議なことがあります。どうしてレディ陛下は、プリメーラ様からお酒の匂いがしないなんて言ったのでしょう。酔姫様は朝から結構たくさん飲んでらしたのに」

すると徳島が種明かしをする奇術師のように続けた。

「プリメーラさんが飲んでたのは、俺達が献上した１６８８グラン・ロゼでしょ？」

「え、ええ。プリメーラ様がそれを飲みたいとご指定されたので」

「体に負担が少ないって言ったけど、実はあれノンアルコールなんだ」

「のんあるこーる？」

プリメーラとプーレは首を傾げた。

「酒と同じ風味だけど、酒精のまったく入っていない飲み物ってこと。だから酒の匂いなんて最初からしてなかったんだよ」

「で、でも、プリメーラ様、酔姫になってて……お喋りも普通にしておいでしたよ？」

すると江田島が補足した。

「それをプラシーボ効果と呼びます。面白いことに、普通の人でもそれがノンアルコール飲料だと知らせずに飲ませると酔っ払ったりするんです。もちろんアルコールは入ってないので匂いませんし、検査をしても引っ掛かりません。でも酩酊《めいてい》してしまうんです。不思議ですよね」

「そ、そんな都合のいい話……」

「でも、本当なんです。日本でもノンアルコールのビールを、そうとは知らずに飲んで酩酊してしまった事例がいくつも報告されています」

プリメーラは納得がいったとでも言うように手を打った。

「問題はそのことよりも変装をうまく出来るかでした。髪を染めたり、頬に綿を含めたりは出来ても、コンタクトレンズは慣れないと取り付けるのに苦労しますからねえ」

徳島はワインのボトルの一本をガラス切りで切り、中に鬘《かつら》やカラーコンタクトレンズ、マスカラ、洗髪剤といった変装の小道具を仕込んでおいた。無線の中継機は別の一本だ。この二本はもちろん一見しただけでは分からないようきちんと包み直し、木箱の底のほうに収めておいた。

「からーこんたくとって、お嬢様の瞳に乗せた魚の鱗《うろこ》みたいなもののことですか？」

「ええ、そうです」

プリメーラが言った。

「目に物を入れることには少しばかり苦労しました。でも大変だったのは『からーこんたくと』だけじゃありませんでした。髪を染めるのも難しくって。けど、どちらもプーレが手伝ってくれましたので何とかなったんです」

「プーレさんが協力者になって下さって実によかった。もしプリメーラさんだけで今回の作戦を進めようとしたら、きっとここまで上手くはいかなかったでしょう。全ては貴女のおかげです。本当にありがとう」

江田島がプーレに感謝の言葉を述べる。だがプーレは毅然《きぜん》と言い返した。

「貴方からお礼を言われる筋合いはありません。私はお嬢様のメイドですからお役に立つのは当たり前なんです」

「でも、これでよかったの？　わたくしのために、お城勤めを続けられなくなってしまいましたけど」

「いいんです。これ以上ここにいたら、お嬢様がお身体を壊してしまいますから。そんなこと、私にはとても耐えられそうになかったんです。ですから計画を打ち明けてくださった時、決めたんです。プリメーラ様に付いていくって」

「あ、ありがとう」

プリメーラとプーレは、徳島達の見ている前でしっかりと抱き合ったのだった。

その光景を温かく見守っていた江田島が徳島に囁いた。

「気が付きましたか、徳島君。プリメーラさん、自分が飲んでいたのがノンアルだと分かった途端、声が小さくなってましたよ」

「こんなにすぐに効き目ってなくなるもんなんですか？」

「さあ、そういう体質なんでしょうね。そもそもコミュ障そのものが精神的なものですからねえ」

江田島はそう言って再び二人を顧みる。

すると二人ともまだ抱き合ったままだったのである。

＊　＊

「報告なさい、トラッカー海尉」

元海兵隊の部隊長にして現近衛兵の部隊長トラッカーは、女王《ハーラム》レディのいる謁見室に初めて立ち入った。

近衛兵だから遠くからレディの姿を見ることはあった。だがこうして直接声を掛けられ、しかもその名を呼ばれる栄誉に浴するのは初めてなのだ。

これがもし別の機会に別の形で実現したら、この世の春とばかりに名誉心で胸いっぱいになったことだろう。

だが今、この場を支配する雰囲気は査問、叱責、尋問のそれであり、緊張に包まれていた。

レディの傍らに並び立つ大臣達も、皆一様に苦い薬でも口の中に入れているような顔付きをしている。必然的にトラッカーもまた、自分が叱責される立場になったと思い知った。

トラッカーは片膝を突く。そして視線をほぼ床に固定させた姿勢で事の次第を述べた。

「私は部下を率いると、シュラとプリメーラ様の後を追跡しました。そしてあと少しというところまで詰め寄りました」

「にもかかわらず女二人を、しかも片方は酒に酔っ払ってふらついていたはずなのに、男達がよってたかって追いかけ回した挙げ句、取り逃がしたというのですね？」

「は、はい……しかしプリメーラ様は酔っているとはとても思えない足取りでした。そしてあと少しというところまで距離を詰めると、不思議と引き離されてしまうのです」

トラッカーは、シュラとプリメーラにかなり肉薄《にくはく》した。

二人は隣の船へ、隣の船へと舷梯を次々渡っていく。そして小型船の甲板から背丈のある中型の貨客船へと上っていった。

そこで二人の姿は一時的に見えなくなった。

もちろんトラッカー達もあとに続き、彼女達と同じ中型貨客船に乗り込んだのである。

だが、そこで二人の姿は見えなくなってしまう。見失っていたのはほんの数秒間でしかなかったはずなのに。きっとどこかに隠れているに違いない。

その時、兵士の一人が叫んだ。

「あそこです。あんなところに」

見れば、船二隻分先に逃げていく二人が見えたのである。

「くそっ！　追うんだ」

トラッカー達は引き離された距離を再び詰めるため、全力で走らなければならなかった。

「そういうことが都合七回も続いたんです」

「それで、どうなったのですか？」

「最後には姿が見えなくなってしまいました」

「人間が消えたというのですか？」

「は、はい。付近にいた住民に尋ねましたが、そんな女は見ていないと……」

「よく捜したんでしょうね？」

「はい。間違いなく」

レディは呆れたように言った。

「人間が消えてしまうなんてことがあるのでしょうか？　誰か、どうしてこうなったのかを説明なさい」

しかしそこに居並ぶ大臣や官僚、軍指揮官達は口を開かなかった。

みんなその場にいた訳ではないので何が起きたのか分からないし、迂闊に口を開くと自分にもとばっちりが来るかもしれないからだ。

「……」

「説明するのです！」

すると、セーンソムが言った。

「周囲は海です。実は二人とも海棲亜人種で、海に飛び込んで逃れたのかもしれません」

「あなた馬鹿ですか？　プリムとは一ヶ月以上も一緒にいたのですよ。プリムがただのヒト種ではなかったとして、それに気が付かないなんてあるはずないじゃないですか！」

レディが怒りを叩き付けると、セーンソムは震え上がった。

「説明しろとおっしゃるから、考えられることを口にしただけなのに……」

これではますます誰も口を噤むだけだと呟く。

レディの怒りが自分達に向かうのを恐れた海軍提督がトラッカーを指差した。

「トラッカー海尉が愚か者で無能だからでは？」

「そ、そんな⁉」

その時、中座していた石原が戻ってきた。

「レディ陛下、あなたの石原がただいま戻りましたよ」

「誰が、私のですか⁉　それに貴方、今まで何をしていたのです？」

「それは、俺が生まれてから今日ここに至るまで、何をしてきたかを語れというご命令？　少しばかり長くなるけどいいの？」

レディは頭が痛いとばかりに額を押さえた。

「ち、違います。頼まれもしないのに、これまで随分と余計なことを献策してきたのですから、今日くらいちゃんと役に立ちなさいと言っているのです！」

「あの……今、何の話をしてたの？」

石原は傍らで脂汗を流しているトラッカーに尋ねた。

「シュラとプリメーラ様がどうやって逃げたかという話だ……」

トラッカーは何が起きたのかをもう一度、石原に語った。

「つまり、あの二人がどうやって逃げ切ったかが分からない訳ね？」

「そうです」

「その奇術の種ならここにあるけど……」

石原は携行していた布袋をレディの前に置いた。

「これは？」

「先ほど届けられたそうだよ。伝令の兵も、あんた達の雰囲気が物々しすぎて声を掛けようにも掛けられないってそこで困ってたんだ。だから俺が預かってきた。なんでも二人が消えた近くの海に浮かんでいたとか……」

セーンソムが袋の中身を改める。

「こ、これは!?」

すると、中からシュラの衣服や眼帯、プリメーラの衣服と桃色の髪の鬘などが出てきたのである。

「これが、二人が突然姿を消した理由だよ。これを使ってシュラとプリメーラ様に変装した男だか女だかの二人組が逃走する。当然、兵士達は追うだろ？　十分に引き付けたところで、物陰に隠れて変装を解き、何食わぬ顔をして兵士達の横を通り過ぎるって訳。もしかしたら、その時に指を差してあっちに逃げたぞ、とか言って教えていたかもしれないねえ」

トラッカーはぽかんと口を開きながら頷いた。

「そ、そうでした。男が二人、我々に教えてくれました」

石原は詐欺の被害者を哀れむような顔をしてトラッカーの肩を叩いた。

「やられちゃったねえ」

レディは更なる疑問を問いかけた。

「で、では、兵士達が大勢で追いかけても全然追いつけなかったのは何故？」

「俺の生まれ育った国じゃさ、三国志演義という物語がとても人気があるんだ。それに出てくる諸葛孔明《しょかつこうめい》という天才軍師が使った手口と、今回のやり方はとてもよく似てる。あらかじめ同じ衣服を着た人間を、何組も用意しておく。逃げていった二人組は追いつかれそうになると、物陰に隠れて変装を解く。追いかけていた標的の姿が見えなければ、追跡者は見えなくなった辺りに隠れていると思って周囲を隈なく捜すだろ？　けど、少し離れたところを逃げていく同じ服装をした二人組の背中を見つけたらどうよ？」

「当然追いかける……けど、その二人組はもう別人の変装？」

「そういうこと。それを七度も繰り返していれば、姿を見失った時の追跡者の視線は遠くに向かうことに慣れてしまう。変装を解いた人間が姿を現していても、それが今まで追いかけていた相手とは思わない」

「イシハ殿。貴殿は、それが、人間が煙のように消えたと錯覚した原因だというのですか？」

「多分そうだと思うよ」

石原の解説にトラッカーは愕然《がくぜん》と項垂《うなだ》れた。

「まったく分からなかった。分からなかった」

「そうだろうね。けど俺はトラッカー海尉が愚かだったとは思わないな。多分誰であっても引っかかった。これはもう、相手が悪かったとしか言い様がないんだよ。それなのにトラッカー海尉を処罰しようなんてことになったら、更に恥を重ねることになっちゃうけど、ホントにそれでいいの？」

この解説を聞いたレディや大臣達は肩を落とした。

石原の言う通り、トラッカーに責任を負わせてしまったら、自分達までその悪質な詐欺に引っかかることになると感じたのである。

11

内大臣のオルトールが同僚達に尋ねる。

「どのようにシュラやプリメーラ姫が逃げたのかは、これで分かった。しかしその後は？　プリメーラ姫はどこに行った？」

すると軍務長官が前に出た。

「現在、海軍総出でウルースの周辺海域を封鎖しております。ウルースを出ようとする船は、ことごとく臨検してプリメーラ様が隠れていないか隈なく捜しております」

レディは頷いた。

「それでもプリムが見つかっていないということは、まだウルース内のどこかに隠れていることになりますね？」

「おそらくは……」

軍務長官が肯定する。レディは命じた。

「捜しなさい！　徹底的に捜すのです！」

「で、でも、どこを捜せばよいのでしょう？」

セーンソムが尋ねる。すぐさまレディは毅然として命じた。

「もちろん全てです」

「す、全てとは？」

「皆まで言わないと分からないのですか？　貴方は愚かなの？」

「し、しかしウルースにある船の全てとなりますと、とてもたくさんございます。一隻ずつ検めていっては、途方もない時間がかかってしまいます」

「だからどうだと言うのです？」

時間がかかるということの何が問題なのかとレディは問うた。

人員が必要なら人員を動員する。時間が必要なら時間をかけるまでだ。それらを忌避していては何も出来ないのだと。

「か、畏まりました。全てを捜します」

セーンソムが振り返る。そして軍務長官に告げた。

「レディ陛下のご命令です。直ちに非番の兵達も動員して、逃げたシュラならびにプリメーラ様を捜すのです」

「……は、はい」

こうしてレディの指示の下、王城船の近衛やウルースの海兵達が各方面へと散っていったのである。


兵士達を送り出してしまえば、あとは報告を待つしかない。

そのためレディや大臣達は特にすることがない。ならば散会してとっととそれぞれの仕事に戻ればよいのだが、そういう雰囲気でもない。そのため大臣や軍務長官達は、シュラ・ノ・アーチがどのような方法で警戒厳重な王城船からプリメーラを拐《かどわ》かしたかを論じはじめた。

「シュラ・ノ・アーチはどうやって王城船に忍び込んだ？　いや忍び込むだけなら出来るかもしれないが、プリメーラ様を連れてどうやって抜け出した？」

「それって今、すべき話ですか？」

レディが問いかける。

すると軍務長官が答えた。

「此度の出来事は、王城船の警備に欠陥があったことを意味しております。早急に見つけませんと陛下の安全確保もままなりません」

侵入した者が次に狙うのは陛下のお命かもしれないとセーンソムは言った。

「確かにそれは困りますね」

レディも仕方なさそうに議論を続けてよいと応じた。どうせ他にすることもないのだ。

「あれほどの警戒の中だ。簡単ではなかったはずだ」

「きっと内部に手引きした者がいるに違いない」

「では、手引きした者を捜すべきだ」

「どうやって？」

「……」

結局、謁見室内では推論に推論を重ねるしかなく、誰も結論を出すことが出来なかった。

「イシハ、貴方はどう思いますか？」

いつもなら訳知り顔で問われもしない意見を滔々《とうとう》と述べる石原が、何故か黙っている。それが気になったレディは、石原を名指しして問いかけた。

「俺ってアヴィオンの宰相じゃん？　ここの警備状況はまったく関係ないからさ。意見を言うのはやめておこうって思うんだよ。いろんな立場の人の顔を潰すことになりそうだし……」

そんな石原の素気《そっけ》ない言葉を聞くと、レディは不思議とがっかりした気分になったのである。

「もう結構です。今日は解散です。シュラとプリムの捜索の結果は逐次報告することにして、それぞれ自分の仕事に戻るのです。よいですね」

レディは、堂々巡りを繰り返すだけの御前会議を散会させた。レディは石原の発言にがっかりしていた。そしてその事実に愕然とした。

がっかりするということは、何かを期待していたことを意味する。端的に言えば、レディは石原から有効な献策が出てくると思っていたのである。

レディの今後の計画は全てプリメーラがいることを前提としたものだ。

自分のやらかした責任を全部石原に押しつけるのも、プリメーラを女王に推戴《すいたい》してアヴィオン王国再興を侵略戦争の大義名分とすることも、アヴィオン海制覇によって独占した海上通商路を利用し、海洋諸国をまとめ上げて帝国に対抗していくことも、全てプリメーラがいてこそ成り立つ計画なのだ。

なのに、プリメーラが拉致されてしまった。

そして兵達は右往左往するばかりで、未だにプリメーラを見つけられない。

大臣や閣僚達も何も提案してくれない。延々と議論を重ねるばかりで、結論が出てこないのだ。

レディの背負った重荷は、いつまでたっても、少しも、ほんの僅かも、軽くなってくれないのである。

とはいえ……

「あんな男を頼りにするだなんて屈辱です」

石原を思い出すだけで悪口が次々と沸いて出てくる。無礼で、品性下劣で、図々しくて、と尽きることがない。

レディは自分の執務室に戻ったものの、そこでも落ち着かずにうろうろと歩き続けていた。

その姿は、女王付き《ハーラム》のメイド達には、シュラやプリメーラが見つかったという報告を待っているように見えた。

だが実を言えば、レディはただ日が暮れるのを待っていた。

そして頃合いよしとみると、メイド達を人払いして執務室の隠し扉を潜った。

執務室の隠し扉は、迎賓船への隠し通路へと続く。

迎賓船からは誰にも気付かれることなく外に出ることが可能だ。レディは一人王城船を抜け出すと、夜のウルースへと向かった。

目指すは、占い師達のいる街区。ヴェスパーのところだ。

ヴェスパーならば、これまで同様、苦境に陥ったレディを助けてくれる。役に立つ助言をしてくれるに違いないのだ。

しかし程なくして、レディは異変が起きていることに気付く。

占い師をはじめとした怪しげな商売をしていた者達の天幕が、ことごとく潰されている。まるで嵐でも吹いた直後のような有り様だ。

「何があったのですか？」

年老いた老婆が、天幕だったものの前にしゃがみ込んでいる。

身体の丈夫な者は潰された天幕を建て直そうと作業をしているが、年老いた女性にはその元気もないらしい。

「城の兵隊が押し寄せてきてねえ、片っ端から家捜ししていったのさ。女なんか隠してないのに、嘘を吐いてるだろうって乱暴に捜すものだからこの有り様さ……」

レディは老婆に背中を向けると、ヴェスパーの天幕があった辺りを探した。

「たしか、この辺りに……」

だが、そこには切り裂かれた天幕があるばかりだった。

「ヴェスパー？　どこにいるの？」

呼びかけに答える声はなく、レディはしばしの間立ち尽くしていたのだった。

再び王城船の執務室に戻ったレディは、一人でぼやっとしていた。

その姿は、頼りになる者のいない彼女の境遇をそのまま表しているかのようだった。

「苦悩多き人生を送ってそうだねえ？」

そんな彼女に声を掛ける者がいた。

既にメイド達は下がらせている。そしてここはレディの執務室。仕事場とはいえ、個人的な部屋に等しいこの場所に断りなく入ることなんて誰にも許されない。

そんな大罪をあえて犯す者がいようとは……

「誰の許しを得てここに入ってきたのですか？」

レディは闖入者《ちんにゅうしゃ》を睨み付けた。

「勝手に入って悪かったか？　声を掛けたんだけど、返事がなかったんで……」

現れたのは、石原であった。

「早くここを出て行きなさい。返事がないのは、入ってよいという意味ではないのですよ！」

「悪い悪い。でも、心配になったんで」

「お前に心配などしてもらわなくても結構です！　早く出て行きなさい。兵士を呼びますよ！」

「嘘だぁ。どうしたらいいのかしら？　でもどうしたらいいか分からないわ。誰か、誰かわたくしを助けて！　なんとかしてぇ！　……そういう心境だったくせに」

石原は身振り手振り、舞台役者のごとくレディの心境を演じた。

「お前、死にたいのですか？」

レディは部下が見たら卒倒しかねないほどの憎しみの感情をその顔に刻んだ。

だが石原のほうは飄々《ひょうひょう》としていてまったく応《こた》えた様子がない。

「何度も言ってるけど、俺が今更死を恐れる訳ないでしょ。どうせ殺されることになってんだから。それに、その計画だってプリメーラがいなくなっちまった今、ヤバいことになってんじゃゃない？　もう俺を殺すなんて出来なくなったんだから」

「お前を殺すことなんて簡単です。本当です。ほんの少し命令すればよいのです。お前の命など、鳥の羽よりも軽いのですよ」

「ところがそうはいかないんだなあ」

「どうしてですか？」

「あんたがこれからどうすればいいかを、俺が考えてやるからさ」

「何ですって？」

「プリメーラがいなくなって、あんたはどうしたらよいか分からず困ってる。それを俺が解決してやるって言ってるの」

「お前なんかに何が出来るというのです？」

「例えば、だ。プリメーラがいないこの状況を凌《しの》ぐ方法として、身代わりを立てるという手があるぜ」

「偽物を立てるというのですか？　そんなことで諸外国を騙せる訳ないじゃないですか？　そもそもティナエが偽物だって否定します。シーラーフだって！」

「ああ、そんな戯言《ざれごと》気にする必要なんてないない。その二カ国は、たとえ本物がここにいたって文句を付けてくるんだから」

「そ、そうですけど……けれど、偽物を立てるだなんて如何《いかが》わしいにも程があります。しかもその偽物で戴冠式を挙行するなんて厚顔無恥な真似、私に出来る訳ないじゃないですか！」

「何、今更なことを言ってるの？　あんたはもう、恥ずかしいことをこれでもかとたっぷりやらかしてきたの。何枚も何枚も恥に恥を重ねてきたんだから、その上に一枚ばかり上塗りするくらい、なんてことないでしょ？」

「くっ、お前を今すぐこの場で殺してやります。ただ殺すのではなく、この世のありとあらゆる苦しみを味わわせてやります」

「俺を殺したら、亡命政府を代表する本物の宰相がいなくなっちまうよ。いいのかい？」

「本物の宰相？」

「そう。俺はプリメーラさんから直々に任命された本物の宰相だ。俺がいる限り、アヴィオンの亡命政府は正当なものだと主張できる。でも殺したら最後、宰相はいなくなっちまう。代わりを任命できるのは本物のプリメーラさんだけなんだから……」

「くっ……」

石原はにやりと笑う。そして手を伸ばしてレディィの胸の隆起を押しつぶした。

「無礼者！　何てことをするのですか⁉」

レディィは石原の手を振り払うと、返す手で石原の頬を張った。甲高い音とともに石原は頬を押さえた。

「おお、痛ててててて！」

だが、それでも石原はレディィに手を伸ばした。

「無礼者！　また叩かれたいのですか！」

「叩きたいなら幾らでも叩けばよいさ。けどね、あんたは俺を殺せない。もう俺に逆らうことも出来ない。それはあんた自身も分かってるのさ。だから人を呼ぼうとしないんだ」

「くっ」

また叩く。

石原は痛ててと顔を背けた。

「叩いてよいとは言ったけどよ、少しは遠慮してくれよ」

「お前のその顔の形が変わるまで叩いてやります」

レディはそう言って右手を挙げた。

「いいぜ。その代わり、俺も遠慮をしない」

石原はレディを壁に押しつけた。足の間に膝を割り込ませ、両手を束ねて吊り下げるように壁に押しつけた。

「よく聞け、レディ。俺がお前の全てを引き受けてやんよ。あんたが嫌だなあ、大変だなあって思ってることを、悉《ことごと》く俺が引き受けてやる。全部背負ってやる。あんたが恥ずかしいと思っている不名誉まで、何もかもな……」

「ほ、本当に？」

レディは石原を睨み付けた。

「ただし今からあんたは俺のものだ。あんたは俺を拒まないし、拒めない」

レディが抵抗しなくなったのをいいことに、石原はレディの衣服の隙間から手を滑り込ませ、彼女の胸を揉みしだいた。

レディは石原を憎々しげに睨んでいるだけだ。

石原はレディの唇に己の唇を略奪する勢いで重ねる。

両手の束縛も解いてしまう。レディは握りこぶしを震わせていたが、結局されるがまままったく抵抗しなかった。

＊　＊

妓楼船メトセラ号——

メトセラ号では、楼主が窓から外の様子を見ておろおろとしていた。

ウルースでは今、兵士達が群れを成して右へ左へと走り回っている。それがプリメーラ姫とシュラを捜索するものだということは瞬く間に噂となって知れ渡った。おかげでウルースの住民の多くが、自分の塒《ねぐら》に引っ込んで外に出ようとしなかったのだ。

「今日みたいな日に、営業できるのかねえ」

こんな殺伐とした状況では、花街に遊びに来る人間がいるとはとても思えない。

だが、そんな中で一人気炎を吐いているのが取り持ち女の老婆であった。

「ほらお前達、なに寝ぼけたこと言ってるんだい？　こんな日だからこそしっかりする必要があるんだよ！　とっとと身支度をおしっ！」

娼姫達を束ねる彼女は、客なんか来ないと決め付けて緩んだ雰囲気になっている女達に、いつ客が来てもいいよう気合いを入れろと活を入れていた。

そしてメトセラ号には、徳島達もいた。

江田島とともに王城船から戻ると、徳島も日常に戻っていた。

何事もなかったかのごとく他の料理人達と一緒に仕込み作業に入ったのだ。

茹でた豆を裏漉《うらご》ししたり、野菜を刻んだり、あるいは海棲哺乳動物の枝肉を料理用のサイズに切ったり、大鍋に様々な具材を入れて煮込んだりと下準備をこなす。

シュラやオデットも店に戻って給仕の仕事をしている。

シュラは眼帯を取り除いて男装し、オデットは染髪剤で白い羽を極楽鳥のようにカラフルに染めた。そしてあたかも何も起きてなかったように普段の生活をしているのだ。

シュラは調理場脇の酒蔵へとやってきて果実酒のデキャンタを始める。

この世界の果実酒はそのままではとても飲めない。酒樽の澱《おり》が溜まったり、濃度が増したりしているからだ。それを漉して、濃度を調整して飲みやすくすることをデキャンタという。その上に果汁で薄めたり、香辛料などで味付けしたりするのだ。

そうした作業をしているシュラに、徳島はそっと囁いた。

「プリメーラさんとメイドさんはどう？」

調理場にいても外のピリピリした様子が伝わってくるだけに心配だった。

「とりあえず、君の私室に匿《かくま》ったよ。お後をよろしく」

「ちょっと待って！　プリメーラさんは、ミスール号に移動させる手筈だったろ？」

ミスール号では、この事態を想定して隠し部屋まで用意してあったのだ。なのにどうして突然変更したのかと問うた。

「実はミスール号から連れてくるなって伝令があったんだ。今、外から来ている船は、海兵隊や近衛隊の連中に徹底的に調べられているらしい。ちょっとでも疑わしいところがあると甲板まで引っぺがえして中を検めているって。そんなところにプリメーラを連れて行ったら、きっと面倒なことになってしまうんじゃないかって思うんだ」

するとと江田島もやってきて言った。

「驚きました。ウルース側もそこまで思い切るとは想定外です」

「それだけ奴らがプリムを悪用しようとしていたってことさ。でも、ここなら大丈夫。木の葉を隠すなら森の中って言うだろう？　大勢の女がいるし、兵士達だっていちいち全員調べるなんてしないって思うんだよね」

しかし江田島は懐疑的な物言いをした。

「甲板すら剥がすようなことをする連中が、人数が多いくらいで手を抜きますかねえ……」

「副長～、お願いだから不安になりそうなことを言わないでおくれよ。実を言えば、このボクですら自分のしたことが絶対に上手くいく名案だって確信を持てないでいるんだからさ」

「では、こう言い直しましょう。ミスール号に置いておくよりはマシかもしれません。この状況にあって、比較的マシな判断だったと思いますよ」

「比較的マシ……その程度かい？　どうして大丈夫だって言ってくれないのさ？」

「私が、希望的観測で楽観的になれるような性格ではないからです。物事が悪くなる可能性がある時はきっと悪くなる――そう思って心の準備をしたくなってしまうのですよ」

「貧乏性だねえ」

「ええ、これが私の悪いくせです」

江田島はそう言って首を竦めたのだった。


こうして妓楼が開店に向けた準備を進めている中、どやどやと大勢がやってくる足音がした。

「お待ちください。まだ開店前でございます」

一体何事かと店の用心棒数名が出ていくが、海兵隊将校に率いられた兵士達の一団に押し切られてしまった。

「女王《ハーラム》レディィ陛下のご命令に基づき、これより船内を捜索する。逆らう者、抵抗する者、隠し立てする者は処罰するので大人しくするように」

楼主が慌てふためいた様子で対応に出る。

「し、しかし急にそんなことを言われましても、私どもにはこれから開店の準備がございまして」

「こんな日に楼閣にやってくる人間もいないだろう？」

「そうそう、逆らうと強制的かつ永遠に閉店させちまうぞ！」

「そうだそうだ！」

兵士達は気が立っているのか行動も言動も荒々しかった。

「いや、そんな、困ります……」

「早く事を済ませたかったら大人しく言うことを聞け。我々はとある女性を捜している。だからまずここにいる女を全員集めるんだ。いいな!?」

白刃を抜いて睨まれては、楼主もさすがに断り切れない。振り返って、取り持ち女に娼姫達を全て集めるようにと告げた。

その指示はすぐさま伝達されて、階上の居室や支度部屋から次々と女達が集まってくる。

美しい衣裳を纏い化粧を完璧に施した女達の、五十人にも達する群れだ。海兵の指揮官もその数に圧倒された。

「なんとも壮観だなあ」

兵士達は美姫の勢揃いする様子を見て唖然としていた。最下級の娼姫ですら、彼らが普段通うような売春宿ではとてもお目にかかれない美しい女達ばかりなのだから当然だろう。

やがて最後を締めくくるようにセスラ、リュリュ、ミッチの三人が優雅に、それでいて妖艶な振る舞いでやってきた。

「こ、これが噂の三美姫か？」

「そうでございます」

男装をしたシュラやオデットは給仕達の中にいる。しかし兵士達の目は娼姫に釘付けになっていて誰も気を払わなかった。

シュラの言った木の葉を隠すなら森の中の格言は、とりあえずシュラやオデットを隠す分には有効に働いていたのである。

メイベルも少し遅れて給仕達の列に混ざったが、やはり誰も気にしない。こちらのほうを見ようともしない彼女の姿に違和感を得た徳島だけが、メイベルに注目していた。


「さて、これで全員ならば、奥の部屋には女は残ってない訳だな？」

隊長の問いに、楼主は「はい」と答えた。

「では、お前達調べろ。徹底的にな」

兵士達が妓楼の上層階や船倉部分へと駆けていく。そして無人のはずの各部屋を検索していった。

寝台をひっくり返したり、棚を引っかき回しているのか乱暴な音が聞こえてくる。

「あんたら、何するん!?」

「酷いこと、やめーや！」

「黙れ。大人しくしないとこれだぞ」

兵士は女達に白刃を見せつけて黙らせる。そして残った兵士達は集められた女を調べ始めた。

徳島が江田島に囁く。

「ちっ、まずいですね、統括」

「ええ……」

このままでは私室に匿ったプリメーラとプーレが見つかってしまう。そうなったらもう戦うしかないのだ。

徳島は背中に腕を回して、腰の拳銃とスペアの弾倉を確かめた。

兵士の数は指揮官込みで二十二名。一斉に襲われたらどうしようもないが、分散している今ならやれないこともない。

しかしこの状況で戦闘に陥ったら、どれだけ周りを巻き込むことになるかが問題だった。軽々に戦端《せんたん》を開く訳にもいかないのだ。

徳島は息を殺して江田島の指示を待った。

「ちょっとやめるニャ!!」

「いいじゃねえか」

「そこ、何をしている？」

「綺麗な着物《おべべ》の下に、何か隠してるように見えたんで」

「はん？」

隊長が兵士達の下へと歩み寄る。ミケが胸を隠していた。きしゃーと睨んでいる。

「この兵隊が私の胸を触ったニャ」

「だからそこに怪しい何かを隠してるように見えたんでさあ」

「で、何が出てきた？」

「とっても凶悪なおっぱいがありました」

兵士達がニヤニヤと下品に笑う。

対する女達の瞳に、怒りの光が走った。

するとその時、セスラが言った。

「ちょっとそこの隊長さん。兵士達のおいたが過ぎたら叱るべきではありませんか？」

「なんだと？」

するとミッチが続けた。

「この妓楼メトセラ号は、伝統でも女の格でも花街一番。お客様も当然、王城の大臣や閣僚、提督の方々ばかりでありんす。そこのミケも、アトランティア海軍の艦隊司令に贔屓《ひいき》にしていただいている娼姫でありんす」

「何が言いたい？」

「だから、ヒドゥン提督に、お前達に乱暴されたって言い付けてやるって言ってるニャ！」

「ヒ、ヒドゥン提督だと」

さすがに自分達の指揮官の名は知っているようだった。

「あんた達の上の上の上の、そのまた上の、雲の上にいるような人達に睨まれてやっていけるって思うかニャ？　少なくとも出世の道は断たれたと思うべきだニャ」

「それどころか、絶対に生きて帰れないような戦場で囮にされるかもね」

女達は兵士達の将来について不吉な予言を放った。

「た、隊長……提督が相手というのはさすがに不味いですよ。奴らの言うように、あとでお咎《とが》めがあるかもしれません」

「うーむ……」

隊長はしばらく考え込む。

と、その時だった。

「隠れていた女を見つけたぞ！」

「こっちもだ！」

捜索していた兵士達の声が聞こえてきた。

すると隊長はほっとしたように笑みを浮かべてミケに告げた。

「確かにお前達に告げ口されたら立場が悪くなるかもな。だが、陛下が捜している女がここにいたとなれば、話は別だ。お咎めどころかお褒めの言葉を貰えるさ」

「くっ……」

今度はミケとセスラが奥歯を噛みしめる番であった。

やがて兵士達が見つけ出した女達を連れてきた。

「え⁉　セスラ⁉」

最初に連れてこられたのは、セスラと同じ容姿をした三つ目美女であった。だが肌の色は悪く、唇はかさかさに荒れている。どうみても病に取り憑かれた様子であった。

「乱暴しないで！　それは私の妹のミスラです。心を病んで伏せっていたので」

「あ～……」

ミスラは焦点の合わない目でぼんやりと虚空を眺めている。誰が見ても、魂魄《こんぱく》が破壊されてしまっているのが分かる有り様だった。

「セスラ姐が妹さんを匿ってただなんて」

「でも、あれじゃ誰にも言えないよ」

娼姫達は口々に囁く。

楼主が言った。

「隠していたことを咎められても致し方ないことですが、この女がお捜しの女だとは、さすがにおっしゃりますまい」

「あ、ああ……」

兵士達はすぐにミスラを解放した。するとセスラはミスラに駆け寄り抱きしめる。

隊長が次に目を向けたのが、黒髪の女とメイド服の娘だ。

黒髪の女はもちろんプリメーラである。徳島の私室にいて油断したのだろう。カラーコンタクトを外しているし頬に綿も含んでいない。おかげでプリメーラは、ただ髪を黒く染めただけの容姿に戻っていたのだ。

これでは兵士達の追及を逃れるのは難しい。

「あれは、誰?」

「どこにあんな女が?」

シュラが隠し持っている短剣を何時でも抜けるよう背中に腕を回している。オデットも剣呑な表情で掴みかかりそうだった。

リュリュはそんな二人に流れる空気をめざとく察していた。

「そこのメイド。お前のその格好からすると王城のメイドか？」

プーレが答えた。

「はい、王城で勤めていました。けれど女王陛下《ハーラム》の勘気《かんき》に触れて、放逐されました。二度と姿を見せるなと命じられています。次に顔を見せたら殺すと……」

「そうか……それでこの妓楼に流れてきたって訳か。まあいいだろう。どう見ても、お前は俺達が捜している女ではないからな。だがそっちの女。お前はどうだ？　お前は手配がかかってる女と実によく似ているぞ。違っているのは髪の色くらいだ」

いよいよ兵士達の目がプリメーラに注がれた。

「わ、わたくしは……」

皆の視線を浴びたプリメーラは、下を見るばかりで満足に応えることも出来ない。それだけにかえって兵士達の疑念を呼んでしまった。

シュラが短剣を半分ほど抜き、徳島はもう戦いは避けられないかもしれないと銃の握把《あくは》を握りしめた。

するとリュリュが一歩前に出て言った。

「その娘は、今度娼姫になる予定の娘だ」

「なんだと？」

兵士の一人が指揮官に囁いた。

「あれはリュリュです。カピレン大提督が贔屓にしている女です」

「ヒドゥン提督だけじゃなくって、カピレン大提督もかよ？　ますます丁重に扱わないといかんな。……女、そういう理由だったらどうして隠れている必要があった？」

「うちらの店が、花街一位の座をダラリア号と争ってるのは知っているだろ？　それで新しい料理人を呼んできて、お客を喜ばせる料理を用意したのさ。次はいい女を売り出すってのがこの商売の常道だろ？　その娘は、そのための隠し球なのさ。他の店に知られたら対抗策を取られちまう。だから隠しておくしかなかったのさ」

お前、何を言うんだ、という無言の視線が楼主や取り持ち女から集中する。二人がまったく知らない話だからだ。しかし他の女達はリュリュに話を合わせた。

「うちの看板三美姫は、今度から四美姫になるんニャ！」

「その女はあんたらの捜している女なんかじゃない。うちらの大事な仲間なんだ。だから返しておくれ」

娼姫達は口々に言った。

しかし海兵達にも簡単には退けない事情があった。早く女を見つけろという命令が何度も何度も繰り返し送られてきているからだ。

海兵達には、少なくとも仕事をしてますと返せるだけの実績を積む必要がある。

そのため多少怪しくとも、容姿の似ている女を連れていかなくてはならない。捜している娘ではないというのは連れていかない理由にならないのだ。

「駄目だな。それを決めるのはお前らじゃない。その女は連れ返って取り調べることにする」

海兵達は強引にプリメーラを連れ去ろうとした。

いよいよシュラの目が光って、オデットが意を決して前に踏み出た。

「ちょっと待った、待った！」

だがその時、徳島が叫びながら前に出た。

兵士達の視線が徳島に集中する。

「なんだ、貴様？」

徳島はあえてゆっくりとした動きで進むと、兵士達に引っ張られていこうとしていたプリメーラの腕をとって告げた。

「彼女を連れていかせる訳にはいかないんだ」

言いながら徳島は内心で頭を抱えていた。

シュラとオデットが暴挙に出たら犠牲者が山ほど出てしまう。それを防ぎたい一心でつい飛び出したのだが、具体的にどうするかまで思い至ってなかったのだ。

この状況をどうすべきか。徳島は必死になって策を考える。

「貴様、邪魔をしようというのか？」

「お前は何者だ？」

「俺達に逆らうとは、いい度胸してるじゃねえか？」

海兵達は徳島を取り囲んだ。

「お、俺はここの料理人です」

徳島が名乗ったその時、海兵の一人が徳島を指差した。

「ちょっと待て。こいつ今度の戴冠式で料理を作ることになってる奴だ。その件で、女王陛下《ハーラム》に何度もお目通りしているはずだぞ」

「なんだって？」

そんな料理人の登場には兵士も困った。

重要な式典の料理人とあっては、軽々に罰することも出来ない。料理人とはいえ、女王陛下《ハーラム》に近しいとなると丁重に対処しなくてはならない。

「我々も役目でやっていることだ。邪魔しないでもらいたい」

「いや、でもその娘は料理に必要なんで。その子がいないと、今度の祝賀会の料理が出せなくなっちゃうんですよ」

思わぬ流れで戴冠式の話題が出たため、徳島は咄嗟に乗っかった。

「なんだと？　この女は娼姫じゃなかったのか？」

「もともとは料理人です。ただ、見ての通り美人ですからね。それで娼姫にならんかと楼主さんに勧められて……」

娼姫達の視線が楼主に集まる。

楼主は、俺は知らない、聞いてないと無言で頭を振った。

その時、江田島が楼主に近付いて背後から何かを囁く。

楼主は驚き顔で振り返るが、江田島の真面目な顔付きを見ると、狼狽えつつも提案を受け入れたように頷いた。

「こんな手をしている女に、水仕事なんか出来る訳ないだろう？」

海兵の一人がプリメーラの手を掴み上げて言う。料理を仕事にしているような女が、こんな綺麗な指をしているはずがないというのだ。

実際ハンドケア製品がないこともあって、この世界で水仕事をしている職人の手は基本的に荒れているものだ。しかしプリメーラは言い返した。

「で、出来ます」

「今、何て言った？」

コミュ障プリメーラの声は小さくて皆の耳にちゃんと届かない。

「出来ます、と言いました」

「では、料理を作って見せろ」

「いいですよ。やって見せます」

徳島が海兵達に告げる。

「台所に行きましょう」

「分かった。台所はどこだ？」

「こっちです」

徳島が先頭に立って妓楼内を進む。

すると江田島が小走りに駆け寄ってきて囁いた。

「徳島君。ここの人達を調理場に近付けないよう楼主さんに伝えました。調理場に移動したら私の合図で一気に行きますよ。いいですね」

「了解」

徳島は腰に差した拳銃を何気ない動作で腹のほうに回した。

だが、その時である。台所へと向かおうとする徳島達を呼び止める声があった。

「あの、ちょっといいかな？」

「なんだ、貴様」

兵士が煩《わずら》わしそうに振り返る。

そこにいたのは石原であった。しかも一人でなく、近衛兵の一隊を率いている。

「これは宰相様。ただいま取り込み中でして」

楼主が駆け寄って石原を出迎えた。

楼主の言葉に海兵達が一斉にどよめく。

「宰相って誰だ？」

「お飾りで評判のアヴィオン王国亡命政府の宰相様だよ」

そんな海兵達のざわめきがある程度静まるのを待ってから石原は続けた。

「ああ、トラッカー君。頼んだ」

「はっ！」

トラッカーは石原の指示を受けて、近衛の部下達とともに海兵と女達の間に割って入った。

プリメーラの腕を握っている兵士達も、手を離すよう命じられる。

解放されたプリメーラはすぐに徳島の背後に隠れた。

「近衛隊。一体何の用だ？」

「お前達のここでの仕事はたった今終わったということだ」

「せっかく怪しい女を見つけたところだっていうのにか⁉」

すると石原が言った。

「ああ、その女は連れて行かないほうがいいぞ。っていうか、連れて帰ったらご不興を買うだろうな？　何しろレディ陛下が直々に偽物認定したくらいだかんな」

「な、なんだって？」

海兵達はどうしようと互いに顔を見合わせた。

石原は続けた。

「なあ、ここは俺の顔を立てて引き上げてくれないかなあ？」

「はっ、お飾り宰相の何を立てる必要があるってんだ？」

だが海兵の指揮官はそんな石原には従いたくないようだ。

「もうお飾りじゃないぞ。実は俺、アトランティア・ウルースの宰相を兼ねることになったんだ。一方の役職はお飾りかもしれんが、アトランティア・ウルースの宰相職のほうはちゃんと実権も責任もある」

「えっ⁉」

海兵の指揮官がトラッカーを振り返る。

トラッカーは頷いて石原の言葉を肯定した。

「宰相閣下のおっしゃる通りだ」

「し、失礼しました！」

さすがに海兵達も石原の立場を理解したらしい。姿勢を正して一斉に敬礼した。

「そういうことで、何も問わず回れ右して行ってくれ。ちゃんとお前達の名前も覚えておくからさ……いいだろ？」

宰相直々にそう言われてしまえば否はない。名前を覚えておくなどと言われたら、それが良い意味になるか悪い意味になるかは自分達の行動次第だからだ。

「了解しました」

海兵の集団は新宰相にいい印象を持ってもらうことを選んだようだ。そのまま礼儀正しく妓楼船メトセラ号を後にしたのであった。

今にも乱暴狼藉《ろうぜき》を働きそうだった海兵を追い返してもらえたのがよっぽど嬉しいのか、楼主は石原を大歓迎した。

まだ開店時間前だというのに大広間を開けて迎え入れ、娼姫達全員を動員して歓待したのだ。

「本当に、本当にありがとうございました」

さささ、どうぞどうぞと楼主自らお酌する。

「いやあ、大したことは全然してないんだけどねえ」

大急ぎで作られた料理と酒が次々運ばれてくる。

歌が、音楽が、踊りが披露された。

そしてミッチが、リュリュが、セスラが、左右から後ろから石原を取り囲み、お酒をどうぞ、料理をどうぞと甲斐甲斐しく世話を焼く。

ミケなんかに至っては、膝の上に腰掛けていた。

この日の女達の石原に対する好感度は最大限を振り切っているようで、石原が調子に乗って触っても、「もう、宰相様のエッチィ、だニャ」とかえって甘えられる始末。もはや鼻の下は伸びまくりであった。

料理も、司厨長の徳島自らが運んだ。

「おおっ、こ、これは」

「しばらく日本の味から遠ざかっていたでしょう」

そう言って出したのは、握り寿司だった。刺身と酢飯を用意し、目の前で握ってあげようという趣向だ。

徳島の三人いる兄の一人は和食の達人だ。そのため彼もまた握り寿司をレパートリーとして仕込まれていたのだ。

「嬉しいなあ。寿司なんて久しぶりだし～。トロとハマチ握って」

トロもハマチもないが、こちらにいる似た魚を使った刺身で、徳島は寿司を握っていく。石原は醤油をたっぷりつけてそれらを堪能したのだった。

「しかしこの度はアトランティア・ウルースの宰相様にもなられたそうですね。おめでとうございます」

徳島は祝いの言葉を述べた。

「いやあ、大したことないよ。ほんの実力実力。はっはー」

まったく謙遜になってない謙遜に皆が苦笑した。

すると石原は突然真顔になって楼主を振り返った。

「ところで楼主。さっきの感謝の言葉は本物か？」

「もちろんですとも。どれほど感謝しても感謝し足りません」

「なら頼みを聞いてくれるな？」

「ええ、どんなことでも！」

「では、ミッチを身請けしたい」

「はい？」

皆が一斉に黙った。

踊りが止まって、音楽が途切れ、沈黙と静けさが広間を支配した。

「いま、なんとおっしゃいました？」

「実は、ミッチを身請けしたいんだ」

皆の視線がミッチに集中した。

「あら、やだ」

ミッチが恥ずかしそうに頬に手を当てる。

「そ、そんなにミッチのことがお気に召していただけましたか。それはありがたい限りですが、突然そのように言われましても……今はダラリア号との競争もありまして……」

三美姫は貴重な稼ぎ頭だ。ここで抜けられるのは、妓楼としては痛い。

すると石原は囁いた。

「あの海兵連中を呼び戻してもいいんだぞ」

「そんな⁉」

「石原さん。その言い方はちょっとばかり剣呑でアコギ過ぎますよ。もっと穏便な表現に変えないと」

徳島が石原に注意を促した。

「でも、俺ってそういう性格だし」

「でも、宰相になるんでしょ。言葉の使い方一つですっごく叩かれるポジションですよ。主にマスコミとかマスコミとかマスコミとかに。こんな特地の奥にも、大勢押し寄せて来るんでしょうね、マスコミ。何しろ特地の国で日本人が宰相……総理大臣になったなんて、すっごく話題になるでしょうから」

実際、南米のとある国で日系二世が大統領になったことがある。その時もしばらくは新聞の一面を飾ったくらいなのだ。

するとと石原は頭を押さえて天を仰いだ。

「そっか、そういうこともあるのか。それじゃあ言い方を変えよう。頼みを聞いてくれないと、おいら拗ねちゃうよ」

「それなら、まあいいでしょう」

徳島は頷いて寿司を握る作業に戻った。

「全然よくないでしょう！」

だが楼主にとってはまったく良くないらしい。

「楼主、頼むからミッチの身請けを素直に承諾してくれ。これは内密なんだが、実は女王陛下《ハーラム》のご命令でもある。その証拠に、これを持ってきた」

石原の合図で、近衛兵が大きな箱を運び込んできた。

トラッカー海尉の手で蓋が開かれ、箱が傾けられる。

すると中から黄金に煌めく金貨が、ざざざっと流れ出したのである。

滝のように流れるその輝きには、さすがの楼主も目が眩《くら》んだ。女達も歓声を上げる。

「こ、これは……」

「これで満足だよな？」

「え、ええ……」

「ではミッチ。行こうか」

「かしこまりましたでありんす……」

ミッチはまんざらでもない様子で石原とともに立ち上がった。そして石原の胸にもたれるように身を寄せると、こう囁いた。

「わっち、強引な男が好きでありんす」

「嬉しいねえ……あっ、荷物とかはあとで取りに来させるから。お寿司も折り詰めにして頂戴。それじゃ、お後をよろしく〜。徳島、ちょっと話があるから付いてこい」

石原はミッチを連れるとそのまま広間を出て行ったのだった。

「嵐のようなお人だねえ」

「大したもんだ」

女達は陶然とした表情で見送ったのだった。


徳島は石原を舷門まで見送った。

石原はミッチの腰に腕を回し、ぴったり引き寄せて歩く。その後ろをトラッカー海尉に指揮された近衛兵達がぞろぞろと続いていた。

「ったく焦ったぜ。お前、一体なんだってこんなところでぐずぐずしてんだ？」

石原は徳島を日本語で叱りつけた。

「何をぐずぐずって言われても……」

「何を言われてるか分からないのか？　どうしてあの姫さんを、こんなところに置いておいたのかって聞いてるんだ？」

「石原さん、あんたもしかして分かってて？」

徳島は理解した。石原は黒髪の女がプリメーラだと気付いていたのだ。

「もちろんだ。あんなやり方はあちら側じゃ古典的な手口だろ？　騙せるのはこっち側の人間くらいだぜ。どうやってあれだけの量の酒を、あんな短時間で身体から抜いたのか未だに分かんねえんだけどな」

「でも、どうして見逃したんです？」

「俺としちゃ、今更本物に出てこられると困るんだ。俺の命が懸かってる。だから全力で隠し通してくれよな」

「え、命が？」

「こっちはな、天国か地獄か、宰相として栄達するか死ぬかって状況なんだよ」

「危ない綱渡りをしてるんですねえ」

「あと、戴冠式の料理はちゃんと頼むぞ。戴冠式は挙行するからよ」

「プリメーラさんがいないのにどうやって？」

「それがミッチを身請けした理由さ。詳しいところは察してくれ。もちろん余計なことをあちこちに吹聴するような真似はするなよ。それじゃあまたな……」

石原はそう言うと、ミッチの肩を抱いたままメトセラ号を後にした。

身勝手なことばかり言う男の背中を見送りながら、徳島はやっぱりこいつとは相容れないなと思ったのであった。

余

さて、伊丹《いたみ》達である。

カナデーラ諸島の調査を終えた伊丹とテュカ、レレイはティナエ共和国のナスタ湾サリンジャー島へと戻ってきた。

正確には、三人を乗せた船が戻ってきたのだ。

甲板上に、カナデーラ諸島の各種資料を詰め込んだ箱が山積みとなっている。

「ロゼ船長、サリンジャー島の岸壁が見えてきました！」

「よし、接岸しろ！」

赤毛の船長ロゼは、かつてグラス半島にその名を轟かせた女海賊だ。

彼女の指揮を受けた船は、岸壁にその船体を擦りつけることもなく静かに停止した。

岸壁上で待ち構えていた海上自衛官から舫《もや》い綱が投じられ、防舷物を挟んでしっかりと固定されていく。

舷梯が渡され、乗組員の乗り降りが始まる。

伊丹も早速上陸して、海賊対処行動隊の司令部にて帰還を報告した。

カナデーラ島で収集した資料を引き渡し、アトランティアで徳島や江田島と合流するためだ。

「アトランティアに向かう船を自分で探せってどういうことですか⁉」

しかしそこで予定の変更を強いられることになった。

当初の計画では、ロゼの船を使ってアトランティア・ウルースに向かうことになっていた。しかし隊司令はロゼの船を別の用途で使いたいと言い出したのだ。

「バーサへの定期便が使えなくなったんで、急遽代わりの船が必要になったんだ」

海賊対処行動隊司令は、額の汗を拭いつつ事情を説明した。

これまで海賊対処行動隊と物資運送契約を結んでいたレレーナ商会に、ティナエ政府から解散命令が出て、その資産が政府によって没収されてしまったという。

どうやら商会主が財産を密かに海外へ移転させようとしていたのが露見したらしい。

「今回ばかりは現地経済に貢献すべく、現地の船を雇う……という方針が裏目に出てしまったんでなあ」

「でも、傭船《ようせん》契約そのものは生きているはずですよね」

伊丹は問いかける。

レレーナ商会の経営者が国に代わったとしても、契約は生きているのだから物資運送の役務はティナエ政府が負うはずだ。日本の感覚ならそうなる。しかし隊司令は頭を振った。

「ティナエ政府の決定は商会の解体解散であり債権債務は消滅、契約も引き継がれずに宙に浮くことになる」

「そんな無責任な！」

「もちろん我々だって強く抗議したさ。しかしこちらの法制度や習慣は、我が国のものとは異なっているのだ。姿形が似ているからと同じ感覚でいられると思い込んではいけない。あるいはパウビーノを取り上げてしまったことの意趣返しもそこには含まれているかもしれないがな」

伊丹や一般の日本人からすれば、薬物中毒の子供達を保護するのは義務だ。児童の権利が守られることは憲法でも国際法でも規定されている。

しかしこの特地の人々の感覚からすれば、彼らの身柄は自分達の戦利品となるはずだった。それを横から没収されたと感じているのである。

「その影響を、今回はもろに被ってしまった訳ですね？」

「そういうことだ」

その代わりとして、日本政府はこれまでの傭船料の支払いを免じられるという。しかしそれは金銭の問題でしかない。このティナエにいる自衛隊にとって最大の問題は、日本との連絡や物資輸送の道が絶たれることであり、これこそが極めつけに不味いのである。

もちろん日本政府が雇っている船は他にもたくさんある。待てばそれらはやってくるはず。だが少しばかり時間がかかる。今必要を満たすことが出来るのはロゼの船だけなのだ。

「参りましたね」

伊丹は頭を抱えた。

伊丹としても補給や連絡の重要性は理解している。というより、その重要性を理解できないような人間はそもそも幹部にはなれない。

そして収集した試料を、バーサを通じて日本に送り届けることもまた急がれる。日本と帝国の間で領土交換の交渉が急激に進展しており、明日にも条約調印がなされかねない情勢だからだ。

伊丹は、そうした様々な事情から見て最もよい方法は何かと考え、隊司令と同じ結論へと行き着いた。

つまり、伊丹達が別の船を探せばよいのだ。

「分かりました。それじゃあ俺達は船を探してみることにします」

「そうしてくれ。恩に着る。君達が任務を遂行するための支援は惜しまないから」

海賊対処行動隊司令はそう言って、伊丹に下げる必要のない頭を下げた。

ロゼの船に戻った伊丹は、早速下船する旨を船長のロゼ、そしてレレイとテュカに伝えた。

「あら、そんなことになったの？」

「仕方がない」

二人とも物分かりがとてもいい。たちまち船を降りる準備を始めた。

「ちっ、アトランティアで豪遊したかったのになあ」

行き先変更を伝えられたロゼは愚痴っていた。

しかし顧客である日本との関係を維持することは、海賊を廃業した彼女にとっては必要なことだ。早速、降ろしていた試料を再び船に戻し、更にバーサ経由で日本へと運ぶ荷物の積載作業に取りかかったのである。

私服に着替えた伊丹は荷物を抱えると、テュカ、レレイを連れて乗り込んでくる者達と入れ違う形でジスクール号を降りた。そしてそのままティナエの首都ナスタへと向かう連絡艇に乗った。

凪《なぎ》に近い海をゆっくりと進んでいくと、ナスタが見えてくる。

サリンジャー島にある施設は、なんだかんだ言っても自衛隊の建物なので日本の匂いがある。しかしナスタは、このアヴィオンという海洋国家の世界だ。岸壁の造り、建物の形、道の壁の色、行き交う人々の姿——全てが違う。

南国で、海で、陸とは別の文化圏。ここは異世界だが、その中でも更なる異世界だ。

伊丹は任務もあって大陸の各地を旅したが、こういう海洋国家は初めてであったから、珍しい建物が並ぶ光景が新鮮に感じられた。

連絡艇は石造りの岸壁へと船縁を寄せる。

「ありがとう」

伊丹は港務隊の隊員に礼を告げて船から降りた。

肩や腕にも重い荷物を担いでいる。これらを持って歩くのかよと思うとそれだけで疲れてしまう。

この岸壁はサリンジャー島と行き来する連絡艇が係留されているためか、食料などの積み降ろし作業をしている船が多く見受けられる。

だが、少し離れた所には、マストが三本以上ある中・大型船の停泊する岸壁があった。

そこには大きな人だかりもある。

伊丹はひとしきり見渡して茶店を見つけると、レレイとテュカの二人にそこで待っているように告げた。

「荷物を抱えてあの人だかりを歩くのは疲れるだろう？」

伊丹は身一つで岸壁に行ってくると告げた。これからアトランティアに行く船を探さなくてはならないのだ。

「分かった、そうする」

「ん」

すると二人もその面倒臭さを理解できたのか、素直に待っていると頷いた。

伊丹はまず、中・大型船が並ぶ岸壁へと向かった。

人だかりに近付くと、人々が何の目的で集まっているのかが分かってきた。

彼らは到着する船を待っているのだ。

しかも荷の積み降ろし作業のためではない。誰かを出迎えるためのようだ。その証拠に、到着した船の舷梯を渡り誰かが降りてくると、その度に群がっていた。

「重要人物の到着待ちかな？」

伊丹はそんなことを呟きながら、それらの人混みの傍らを通り過ぎた。そして出港準備をしている船の作業員に声を掛けた。

「あのさ、ちょっと聞きたいんだけど、アトランティアに行く船を知らない？」

作業員は、アトランティアの名を出した途端、ぎょっとした。

「そ、そんな驚くような顔すること？」

「当たり前だろう？　今、ティナエはアトランティアと戦争中なんだぞ。そんなところに行きたいなんて言われたら誰だって驚くさ」

「ああ、確かにそうだったね」

伊丹は今更のようにこの世界の国際情勢を思い返す。

現在ティナエを含めたアヴィオン七カ国は、アトランティアと戦争中なのだ。

しかしアトランティアの卑劣な騙し討ち以来、両軍の間で大規模な戦闘は行われていない。

理由は簡単だ。アヴィオン諸国は軍の再建中、アトランティア・ウルースもパウビーノを失って攻勢に出られる状況ではないからだ。

そのため双方ともに小型の戦闘艦艇を放って、互いの通商破壊に勤しんでいる状態であった。

つまり、以前から続いていた、アトランティアの海賊行為を七カ国の海軍が取り締まるという状況が、そのまんま続いているだけなのだ。

そのためこの戦争状態を、口さがない者達は「いんちき戦争」と呼んでいたりする。

ならば陰でアトランティアと密貿易をしている業者がいてもおかしくない。それが伊丹の認識なのである。

「実際のところどうなのかな？」

そこで伊丹は声を潜めて尋ねた。すると船員も薄笑みを浮かべた。

「まあ、探せばあるんじゃないか？　ただ、簡単にそうだと口を開く奴はいないよ。この期に及んでアトランティアと商売してるなんてバレたら、売国奴って罵られちまうからな」

さすがに見知らぬ人間に問われて、はいそうですと答える船長はいないだろう。それは経済制裁を受けている朝鮮側と取引している船を探すようなものだからだ。

「どうしたらいいかな？」

「どうしても見つけたいのなら、あの『カレッツ』って酒場に行ってみな。ここいらに接岸している船の船主達がいるからさ」

伊丹は早速教えてもらった店へと向かった。

『カレッツ』とは、船主や船長達の集まる店だという。

情報伝達が未発達な世界において、物事を手際よく進めたり危険を予知したりするには、噂を集めることが重要である。そのため同職種の者が一つの店に集まる傾向が強い。

実際、港近くの店は、船乗りや海運関係者によく利用されていた。そうした店では、供される料理や酒の価格帯で、客層が一般の船乗りか船長クラスかに分かれていくのだ。

「なるほど……」

伊丹は戸口から数歩中に入ると、店内を見渡した。

客の身なりやテーブルに並んでいる料理から察するに、船長クラスの人間ばかりのようだ。

賑わいと喧噪の中で伊丹はどうしようかと思った。ここにいる船長一人一人に声を掛けて尋ね回るのは面倒臭い。

そういう時は、向こうから声を掛けさせるしかない。そこで伊丹は声を張り上げた。

「あのー、すみません、アトランティアに行く船ない？　野暮用でアトランティアに行きたいんで、乗せてくれる船を探してます。もしそういう船主、船長さんいたら声を掛けてください。お礼はもちろんちゃんとします」

店内はしんと静まりかえり、客達は驚き顔で伊丹を振り返った。

伊丹は財布を持ち上げ、チャラチャラと音を立てることまでしてみせた。

しかし、みんな関心がないとばかりに再び喋り出し、店内は瞬く間に元の喧噪に包まれてしまった。

まあ、こんなものだろうと思う。

さすがに、「はい、俺の船がアトランティアに行くよ」と誰かが手を挙げてくれるとまでは期待していなかったのだ。

こういうのは、店を出た伊丹を後から追ってきて、暗がりで声を掛けてくるというのが映画の類いでは定石だ。なので伊丹は、そのままカウンターに進むと飲み物を注文した。

飲み物といっても頼んだのは水だ。品揃えを尋ねたら酒しかないと言うからだ。まだ明るいうちから飲酒する習慣は伊丹にはない。

「おい、あんた。アトランティアに何しに行くつもりだ？」

水をちびちび飲んでいると、恰幅《かっぷく》のいい男がやってきて伊丹の肩を叩いた。

「あなたは？」

「俺はカイピリーニャ。まあいろいろやってるが、艦長とでも呼んでくれ」

「俺は伊丹です。アトランティアに行くのは、メッセージを届ける仕事をしているからです」

伊丹は特地派遣部隊時代から使っていたカバーストーリーを告げた。実際、江田島と徳島に連絡しなければならないことがあるので嘘ではない。この世界には嘘を見抜く嗅覚を持つ者が時々いるが、そうした人間でも本当のことを混ぜておけば騙せるのだ。

「メッセージを届ける仕事？　ああ、伝令使か。戦争中だってのに、あんなところまで大変だな」

「ええ。戦争のおかげで足止め喰らっちゃって参ってます」

「災難だったな……」

すると他の男達も声を掛けてきた。

「悪いことは言わない。あんた、引き返したほうがいいぜ」

「そうそう、アトランティアに近付けば近付くほど、海賊だって出るしな」

その時、戸口のほうからテュカの声がした。

「ねぇ、ヨウジ。船は見つかった？」

髪を上げた金髪エルフの登場に、男達は一斉にどよめいた。彼女の美しさに目を奪われたというのもあるだろうが、森の種族がこんな南の海に現れること自体、滅多にないからでもある。

「なんだ、向こうの店で待っててくれって言ったろ？」

「そうも言っていられなくなっちゃったのよ」

テュカに続いて店内に入ってきた女性の姿を見た男達は更にどよめいた。

「おい、見ろよ。魔導師だ!?」

「しかもあの杖を見ろ。リンドン派だぜ……」

たちまち店の船長達が、レレイの周りに集まる。

「あんた、俺の艦のパウビーノにならんか!?」

「いや、俺の艦に乗ってくれ。給料は他の倍出す！」

彼らはレレイにしか興味がないらしく、テュカはレレイを取り囲む輪からたちまち弾き飛ばされてしまった。

「ひっどーい、一体どうなってるのよ！」

テュカは伊丹の元に逃げてきて憤慨の声を上げる。

「あの店で待っててくれって言ったろ？　どうしてこっちに来たんだ？」

「さっきの店でも、レレイが魔導師だって分かったら囲まれちゃって……」

それで二人して逃げてきたらしい。

「おい、あんた。あの魔導師はあんたらの連れか？」

カイピリーニャが伊丹に囁いた。

「ええ、そうです」

「アトランティアの海賊共に雇われようとしてるとかじゃないよな？」

「違いますよ。向こうに行くのは仕事で、すぐに戻ってくるつもりです。でも、なんでまたそんなことを？」

「ティナエ海軍では魔導師が不足している。だから多額の金を出して大募集しているんだ。そして敵さんも多分同じことをやってる」

「魔導師に何をさせようっていうんです？」

「パウビーノだ……あんた大砲って新兵器を知ってるか？」

カイピリーニャは大砲という武器と、それを扱うパウビーノと呼ばれる魔導師の関係、そしてそれが海戦で果たす役割の重要性を語った。

「だもんだから、今じゃ戦争の勝敗はパウビーノをどれだけ揃えられるかで決まっちまいそうな状態なんだ。んだから港じゃ、外からやってくる船がある度に、魔導師は乗ってないかって声を掛けまくってる訳だ……」

「あー、あの岸壁の人だかりはそれでしたか。ってことは、もしかしてここに屯《たむ》ろってるのは全部海軍の艦長さん達⁉」

「ああ、そうだ」

「なんだかなあ」

伊丹はこの店に行ってみろと言った船乗りの顔を思い出した。

あの男、親切そうに見せながら、その実、海軍の軍人に対して『敵国に行きたい』と相談させようとしたのである。

「道理で相手にされないはずだ」

もちろん見ず知らずの人間に親切にしなければならない理由はないし、そもそも敵国に行きたいなどとほざいている人間にはちょうどいい扱いとも言えるのだが、余所から乗り継ぎ目当てにやってきた相手に対しては意地悪が過ぎる。伊丹としても少しばかり恨みめいた気分になってしまうのだ。

「あんたの連れの魔導師。うちの艦のパウビーノになってくれねえかなあ」

カイピリーニャは言った。

「すみません、仕事の途中だし、そもそもこんな扱いされたら無理でしょう」

「わ、悪かった」

「いえ。あなたに謝ってもらうことじゃないです」

するとカイピリーニャは言った。

「罪滅ぼしって訳じゃないんだが、アトランティアに行く船を教えてやろうか？」

「あるんですか？」

「ある。しかもティナエ海軍の軍艦だ」

「それって戦争に行くってことですよね。嫌ですよ、戦いに巻き込まれるの」

「違う。その軍艦はアトランティアに行く外交使節を運ぶんだ。だから戦闘は目的じゃない。もちろん海賊が出てきたら戦うことになるが、そんなのはどの船に乗ってたって同じことだぞ。この辺りじゃ海賊がうようよしてるんだから。しかもアトランティアの連中は、ティナエの船だと分かれば見境なく襲いかかってくる。なら、怪しい密輸船に乗って危ない思いをするより、頑丈で強い軍艦に乗ったほうがマシだと思わないか？」

伊丹はカイピリーニャの言葉に一理ありと頷いた。

「そうですね」

「代価は、帰ってくるまで魔導師のお嬢さんにその艦でパウビーノを務めてもらうって話になると思うが……どうだ？」

「それについては本人に尋ねないと」

「なら聞いてくれ……」

伊丹はカイピリーニャにせつかれてまた声を上げた。

「レレイ！」

「なに？」

レレイが返事をしたことで、彼女を取り囲む艦長達が一斉に黙った。

「この人が紹介してくれる艦に乗せてもらえそう」

人垣を挟んだやりとりに皆が注目している。カイピリーニャが条件の説明を追加した。

「代金は、行って帰ってくるまであんたがその艦のパウビーノをすることだ。どうだ？」

「ヨウジの望むことなら何だってする」

「じゃ、決定だな」

するとそれまでレレイを取り囲んでいた艦長達が、ぶちぶちと愚痴を零しながら散っていった。

「提督、横から掻っ攫わんでくださいよ」

中にはそんな苦言をカイピリーニャに投げる艦長もいた。

「提督？」

「ああ、俺は艦長だが、ティナエ海軍で提督もしている」

「なんとまあ……」

伊丹はとんでもない相手と話をしていたらしい。とはいえこのカイピリーニャ、身なりも風貌も提督とはとても思えないざっくばらんとした雰囲気がある。

人混みをかき分けたレレイも、ようやく伊丹の元に辿り着いた。

カイピリーニャはレレイに告げた。

「さあ、話は決まった。これからあんたは海軍埠頭に行ってエイレーン号に乗るんだ。そこで俺からの紹介だと言えば話は通るはずだ」

「エイレーン号？」

「そう。それがアトランティアに行く艦の名前だ。海軍埠頭に係留されている。軍艦に乗るのは抵抗があるかもしれないが、乗組員には女もいるから女性の扱いは弁えている。お嬢さん方にとっても、乗り心地はさほど悪くはあるまいよ」

テュカが微笑んだ。

「気を遣ってくれているのね、ありがとう」

「そうでもないさ。俺にもちゃんと腹づもりってものがある。あんたらがアトランティアに雇われちまわないよう、予防線を張ったんだな。これでアトランティアに与する魔導師を一人は減らせたってことになる。それに、船に乗っている間、艦長がしつこく勧誘するだろうし、帰って来たら帰って来たで、ここにいる奴らがまたまた誘いを掛けるはずだ」

しつこい勧誘をされるという予告には、レレイもさすがに嫌そうな顔をした。

「そ、それは遠慮したい……」

「ま、そのくらいは我慢してくれ。今、アヴィオン海はそういう状況なんだ」

「……」

「それじゃあ行くぞ、テュカ、レレイ」

このまま店にいたところで楽しいことは起きないだろう。伊丹は二人を連れて早々に店を出ることにした。

「間違えるなよ、海軍埠頭のエイレーン号だ」

「分かりました」

伊丹は片手を上げて礼を告げた。

カイピリーニャが紹介してくれたエイレーン号はすぐに見つかった。

海軍埠頭とやらもそれほど遠くなかった。

「あれが、エイレーン号か……」

それは三本マストの艦だった。

真新しい木の香りが漂い、装備されている索具《ロープ》や滑車類も新品で、汚れ一つ見られない。

「エイレーン！　どうしてまだ出港できないんですか⁉　積み荷も積んだ。水も積んだ。何もかも必要なものは全部積んで、しかも風もちょうど追い風だっていうのに⁉」

伊丹がどうやって声を掛けようか逡巡していると、艦尾甲板にいた黒い衣装の少年が大声を上げた。

「仕方ないじゃないか！　パウビーノが見つからないんだから！」

その返事は、伊丹達が思ってもないところから上がった。

岸壁に置かれた各種の荷物の山。その上に、翼人種の女性が立っている。どうやらこの女性がエイレーンらしい。

「だったらすぐにパウビーノを探してきてくださいよ。いい加減にしないと殺しますよ」

「だから、副長達を岸壁に行かせてるって言ったろ……ヴィって本当に物騒だねえ」

「もういっそのこと魔導師抜きで出港しましょう。戴冠式まで日にちもないので！」

「そんなことは出来るわきゃない。お姫様を救い出したら絶対に戦闘になるからね。生きて帰るには大砲は絶対に必要なんだ。そのことは艦長と話し合ったろ？」

「うーーー」

どうやら難しそうな話をしている。そんなところに口を挟むのも気が引けるが、伊丹は勇気を奮ってその女性に声を掛けた。

「あのー、貴女がこの船の艦長さん？」

「違うよ。船守りだ。あんた達は誰だい？」

「カイピリーニャさんから、この船に行けって言われて」

「はん？　あんたもしかして海兵の士官かい？　そんなの聞いてないけどな」

エイレーンは伊丹の年格好をじろじろと見ながら言った。

私服姿ながら、陸戦部隊の指揮官とでも思ったようだ。

表情は相変わらずだらけている伊丹だが、中隊長として勤務していたせいもあり背筋がピンと伸びている。そのため、見る者が見れば軍関係の人間だと分かってしまうのだ。

「いや、実はこの娘と……」

そこで伊丹は、軽くレレイの手をとって引き寄せた。

「魔導師⁉」

伊丹は、アトランティアに連れて行ってもらえると聞いた……と続けようとした。しかしこの女性、話をまったく聞いちゃいない。魔導師の杖を見た途端、レレイの手を伊丹からひったくって、舷梯を伝って艦内に連れ込んでしまったのだ。

「みんな見てご覧。魔導師だ！ 魔導師が来たよ！」

「おおっ！ しかもリンドン派じゃないですか！」

艦上では何が嬉しいのかもう大騒ぎである。あちこちから乗組員が現れては、レレイを歓迎する声を上げていた。

存在をまったく無視されている伊丹とテュカは呆然とするほかない。

「すごい歓迎ぶりね」

「よっぽど魔導師が来たのが嬉しいんだろうな」

「あたし達もスッゴい歓迎ぶりね」

テュカの言葉は、存在そのものを無視されていることを皮肉ったものだろう。

「いっそのこと空気扱いしてもらえたら清々しいかもな。とりあえず乗り込もう」

「そうね」

二人はそれぞれの荷物と、更にレレイのものを担いでエイレーン号に乗り込んだのだった。

それからは、伊丹やテュカが声を掛ける隙すらなかった。

出港準備が目まぐるしい勢いで進められていったのだ。

「出航準備だ、出航準備だ！」

船守りの女が声を張り上げると、まずスルスルと信号旗が掲げられて出港が周囲に報せられる。

水兵達が蟻のようにマストによじ登り、帆桁《ほげた》の帆を広げていく。すると上陸していた副長や士官達が息せき切って戻ってきた。

「エイレーン、魔導師が見つかったのか⁉」

「もちろんだよ。この娘だ」

「おおっ、美人さんだ」

そして副長がエイレーンに代わって、舫《もや》い綱の解纜《かいらん》作業の指揮を始めた。

そうした甲板上のドタバタの全てを、伊丹とテュカ——しばらくしてレレイも戻ってきて、後部甲板の隅っこに立ち尽くしながら眺めていた。

号笛が鳴った。

「艦長、乗艦！」

見ると、カイピリーニャが舷梯を渡ってくる。

それを見たテュカが呟いた。

「あれ、どういうこと？」

「そういうことか……つまりあのおっさんがこの艦の艦長だったたってことだよ」

「出航せよ！」

カイピリーニャの号令で舷梯が収容され、最後に残された舫い綱が外された。

すると船体がゆっくり桟橋から離れていく。

だが……

「エイレーン。一体どうなってるんだあ？」

カイピリーニャが問いかける。

「これは……風神が臍《へそ》を曲げているみたいだよ！」

マストトップにいる女性が、革製メガホンで返事した。

エイレーン号は追い風を受けて埠頭から離れた。だが桟橋から数百メートルほど離れたところで動きを止めた。

風がパタッと止んでしまったのだ。

マストに張られた帆布は力なく垂れている。

「くっそー、ついさっきまでエイレーンの胸みたいにパンパンに膨らんでたのに、今じゃ歳食った婆さんみたいになっちまってる。一体なんでだ⁉」

「神の機嫌の善し悪しに理由を尋ねること自体無意味さね。こういう時は、じっと待つしかないんだよ」

エイレーンは肩を竦めた。

こうしてエイレーン号は、岸壁から数百メートルの地点で風待ち漂泊をすることになったのである。


ちゃぷちゃぷと小さなうねりがエイレーン号の舳先《へさき》を叩く。

風がないせいか、その音だけが妙に大きく聞こえていた。

「テュカ……もしかして何かやった？」

風系統の精霊魔法はテュカの得意技だけに、伊丹は問わずにいられなかった。

するとテュカは笑顔で返す。

「んな訳ないでしょ？」

しばらくの間、エイレーン号は乗組員達に出航配置を掛けていた。だがいくら待っても風が吹く気配がないため、『別れ』の号令が掛けられる。

エイレーン号の乗組員達はもの凄く脱力した顔で、それぞれの居場所へと散っていった。甲板に残ったのは当直の乗組員達だけである。

「櫂走《かいそう》なんてもうしないからって櫂を外したのが失敗なんだよ」

カイピリーニャは凪のそよがない空を恨めしそうに眺めながらボヤいた。

ティナエ政府がどんな船を造るかは、政治家や艦政本部のお偉いさん達が決めること。提督とはいえ現場の指揮官ではどうすることも出来ないのだ。もちろん要望を出すことは出来るが、彼らの言う予算や様々な事情には到底敵わない。

「櫂走は人手が要りますからねえ。今のティナエで、何百人って数の奴隷を集めるなんて無理です」

副長がカイピリーニャに歩み寄ってきて愚痴に応えた。

「そうなんだよなあ」

カイピリーニャは後ろ頭を掻いた。

「あー、艦長……今お暇そうなのでちょっと時間をもらえます？」

伊丹が近寄ってきたのはそんな時であった。

カイピリーニャの様子を見て、今こそ声を掛ける好機と見たのだ。

「そこ！　艦長に話しかける時は許可を得てからにしろ！」

副長が怒鳴り付ける。

しかしカイピリーニャは手を上げて副長を制した。

「副長、こちらはお客様だ。水兵と同じ扱いはいかんぞ」

「失礼しました。海兵かと思ったもんですから」

「えっと、あんたはイタミとか言ったな。一体何の用だ？」

「アトランティアに行くっていうのが本当かどうか疑わしくなったので、確かめたくなりました」

「なんだと？」

「だってカイピリーニャさん。貴方は自分がこの艦の艦長だとは言わなかったでしょう？」

伊丹は聞いてないぞと言った。

「悪い悪い。俺が艦長だなんて名乗ったら、そこのお嬢さんが乗ってくれなさそうな気がしたんでな。俺って人相が悪いだろ？」

カイピリーニャはそう言ってニヤリと笑った。

するとテュカが返す。

「ホント、どっかの悪徳ドワーフみたい」

「……うんうん」

レレイも傍らで頷いた。

するとマストトップからエイレーンが降りてくる。

「でも大丈夫だよ。このおっさん、見た目はこんなんだけど、結構話の分かる奴だからさ。女の扱いもちゃんと分かってるし」

この翼人種の女性、艦長のカイピリーニャに合わせたかのようにざっくばらんな気性の持ち主であった。

「で、魔導師さん。あんた、この悪党面に何て言って騙くらかされたんだい？」

エイレーンはレレイを背後から抱きしめながら囁いた。

「騙す。やっぱり嘘？」

「おい、エイレーン。俺の信用に関わるような冗談は言うなよな！　イタミ、頼むからこの女の言葉は信じるなよ。俺は、隠し事はしても嘘は吐いてないから」

「どうでしょうねえ？」

「頼むよ、エイレーン。お前もなんとか言ってくれ。俺はイタミ達がアトランティアに行きたいって言うから、その船賃代わりにパウビーノを務めてくれと頼んだんだ。そしたらいいよと言ってくれたんで、取引が成立した。大体隠し事をしているのはお互い様なんだよ」

「お互い様かい？」

「そう。こいつ、伝令使とか言ってるがニホン人なんだぞ。立派な隠し事じゃないか」

「どうして日本人だと言えるんです？」

伊丹は尋ねた。

「ティナエに今、何人のニホン人が来てると思ってるんだ？　そっちのエルフや魔導師は違うだろうが、あんたは間違いなくニホン人だ。そうだろ？」

「……」

伊丹が答えないでいるとエイレーンが言った。

「おやおや、ニホン人が身元を誤魔化してアトランティアに……一体何しに行こうっていうんだい？　気になってくるねえ」

「メッセージを伝えるって言いましたよね」

「確かに言った。だがそれで全部じゃないだろ？」

「……お答えしかねます」

「別にいいさ。お前さんが腹の底で何を考えてるかなんて俺は気にしないから。だからあんたも信じろ。この艦の任務は、アトランティアにあの坊やを送り届けることだ」

カイピリーニャは艦尾甲板でマストを見上げている黒ずくめの少年を指差した。

「あれが外交使節ですか。随分若いんですね」

「ガキの使いを寄越したって向こう側を怒らせるためさ。使節が往来するのだって、何も仲良しが旧交を温めるばかりが目的じゃないんだ」

「でも喧嘩を売りに行くんですよね？ 下手すると戦闘になりません？」

「喧嘩なんかとっくの昔に始まってる。使節旗で守られてる往路はともかくとしても、復路は戦闘を避けられないかもしれん。だからこそパウビーノ、その魔導師の姉ちゃんが必要なんだ」

「やっぱりね……」

「どうする、ニホン人？ もし気に入らないって言うなら、短艇を降ろすぞ。陸に戻って改めてアトランティアに行く船を探せ。まあ、そんな船は他にあるとは思えないがね」

すると副長が横から口を挟んできた。

「艦長、せっかくの魔導師を手放すんですか？」

「無理矢理乗せて行ったとしても、働いてくれないからな」

「そ、それはそうですけど……命が懸かってるって言えば」

「それは脅迫だよ。俺はそんなやり方は好まない」

カイピリーニャの言葉を聞いた伊丹は、レレイに尋ねる。

「どうするレレイ？　間違いなく戦闘に巻き込まれることになりそうだ」

三人で顔を近付けて何やらひそひそと話し始めた。

大洋の真ん中で降りてもいいぞと言われるのとは違って、今なら振り返ればすぐそこに陸があるという状況だ。それだけにここで態度を明確にしてくれというのは良心的な申し出ともいえる。

「えっ、でもそれは……」

「ヨウジを一人残すだなんてあり得ない……」

そんな女性二人の声も漏れ聞こえている。どうやら伊丹は、二人を何とか説得して船から降ろそうとしているようであった。だが、反対する女性達に押し切られそうである。

しばらくすると結論が出たのか伊丹が言う。

「三人ともアトランティアまではお付き合いします」

「そりゃ助かるぜ」

カイピリーニャが言い、副長が続けた。

「我々としちゃあ、魔導師の姉さんが残ってくれるなら問題なしです」

「失礼ねえ。あたしのことは要らないっていうの？」

するとテュカは不服そうに言った。

さすがに今の発言はよくないとカイピリーニャも窘《たしな》めた。

「おい、副長。幾ら本音だからって、言っていいことと悪いことがあるぞ」

「す、すみませんです」

副長はペコペコと頭を下げる。しかしレレイばっかりが持て囃されているように思えて、テュカの矜恃はいささか傷付いたようだった。

「言っておくけど、あたしって凄いのよ。例えば今、あんた達困っているでしょ？」

「えっと、何に？」

「風が吹かないで困ってるでしょう？」

「え、ええ、まあ……」

「あたしが精霊に頼んで、風を吹かせてあげてもよいのよ？」

「出来るのか？」

カイピリーニャが身を乗り出し、エイレーンが問いかける。

「陸の風と違って、海の風を吹かせるのは四海神の精霊だよ。だから陸とは同じようにいかないはずなんだけど？」

「そう、確かにその通り。けど、あたしはエルフでも上位の精霊種。四海神の精霊とだって意志を通じることが出来るんだから」

テュカは論より証拠とばかりに軽く精霊語を口ずさむ。

するとどこからともなくそよ風が流れてきた。

「おおっ……」

マストの帆が軽く膨らみ、信号旗が軽くなびく。

これには、カイピリーニャも副長達も一斉にどよめいたのである。


テュカが船の舳先に立って風の精霊に呼びかけている。

「srrity oyumon uteeaaty……」

すると陸側から風が吹き始めた。

先ほど彼女がほんの少し呪文を口ずさんだ際の、髪を僅かに揺らすだけの弱々しい風とは違って、はっきりとした強い風だ。

おかげでだらしなく垂れ下がるだけだった帆はパンと張った。

「お!?」

「か、風だ！」

水兵達はそれを見て一斉に色めき立った。

甲板員達が走り出す。

「風だ！　動索に付け！」

甲板士官の号令のほうが若干遅かったくらいだ。

水兵達がマスト周りの綱に取りついて、合図に合わせて引き始める。

風の力を余すことなく利用するためには、帆の向きを最も適した角度に変えなくてはならないのだ。

追い風に乗って進むエイレーン号は更に増速し、舳先が大海原をかき分けて進み始めた。

それを見たカイピリーニャは歓声を上げた。

「やったぜ！　魔導師に、海風すら操る精霊魔法の使い手だ。この二人が揃ったら、もうこの航海は成功したも同然だ。いやあ、本当俺って運がいいぜ」

舳先から甲板の様子を眺めているテュカに、エイレーンが歩み寄った。

「あんたみたいな精霊魔法の使い手がいたら、船守りは用なしになっちまうね」

「そんなことないわよ。幾ら精霊魔法でも、四海神の力には敵わない。こうして風を吹かせられたのも、常風がなかったからだもの。もし海が荒れていたり嵐が吹いていたりしたら、精霊に頼んだってどうにもならないのよ」

「つまり風向きを変えることは出来ないってこと？」

「そういうこと」

「このお礼はどうしたらいいかな？」

「気にしなくていいわよ。これもあたし達がアトランティアまで送ってもらう代金みたいなものだから。レレイと同じ待遇にしてくれるだけで大満足」

「分かった。任せておいて。きっと満足のいく扱いをするから」

エイレーンは笑顔で請け合ったのだった。


エイレーン号はナスタ湾を出て外洋へと向かった。

周囲を陸地に囲まれている湾内と違い、外洋に出てしまえば風は常に吹いているものだ。そのため、テュカの精霊魔法に頼らずとも進むことが出来るのである。

「艦長、右一点の方角に漂流物の群れを発見」

「どれどれ」

カイピリーニャは望遠鏡を取り出すと漂流物を目視した。

「よし、針路をあれに向けろ」

「漂流物の群れにですか？」

「そうだ。ちょうどよい標的になるからな。あと士官達を全員集めろ」

艦の針路が変更された。

そして艦体が安定すると、カイピリーニャは反対側の左舷にいた伊丹達を呼び出す。

「さて、改めて自己紹介しよう。俺がこの艦の艦長カイピリーニャ・エム・ロイテルだ。そして、彼女が船守りのエイレーン。こいつが副長と士官達だ」

「レレイ・ラ・レレーナ」

「テュカ・ルナ・マルソー」

それぞれが名乗っていく。

「伊丹耀司です」

伊丹は最後におまけとばかりに自己紹介した。

「さて、レレイ。先ほども言ったように、俺達の目的はアトランティアに政府の使節を送り届けることだ。とはいえ喧嘩を売りに行くから、戦闘を避けられないかもしれん。そこで確認しておきたいことがある。レレイ、お前さんの実力だ」

「何の実力？」

「もちろん、爆轟魔法だ」

「ああ、それだったら……」

伊丹は口を挟もうとした。

しかしその時、後ろにいた副長から「君には聞いてない」と叱られてしまった。

どうやら伊丹は物申してはいけない立場にあるらしい。仕方なく口を噤むことにした。

「お前さんの力量を知りたい。エルフのテュカがいてくれたおかげで、俺達の選択肢は大きく広がった。だが、お前さんはどうかな？」

「その懸念は間違いない」

「そこでお前さんの力を見せてもらいたい」

カイピリーニャは、レレイを連れて甲板から梯子段を降りて砲室へと向かった。

船の重心位置を下げるために、エイレーン号では大砲を喫水線近くの第二甲板に並べている。

そこでは、掌砲長《しょうほう》が砲員を集めて待機していた。

関係のない乗組員もいるのは、パウビーノとして乗り込んできたレレイに興味を持っているからだろう。

だがそれも当然といえば当然だ。戦闘艦エイレーン号が戦いに勝つか負けるかは、パウビーノの力量次第。つまり命が懸かっているのだ。

「こちらの女性が、当艦のパウビーノを務めてくださるのですな？　しかし大丈夫でしょうか？」

皆を代表して掌砲長が言った。

「大丈夫とは？」

「魔導師ならぬ身の上でこのようなことを申し上げるのは失礼だと思いますが、爆轟魔法とはとても難しいものなのです。魔導師だからといって誰でも出来るものではありません」

掌砲長は、爆轟魔法とは何か、実戦においてはどのように使われるかの説明を始めた。

大砲がこの世界の船に搭載されるようになってさほど時は流れていないが、その間にも様々な戦訓が積まれ、大砲運用のノウハウが編み出されている。

「このエイレーン号の大砲を統括する者として、魔導師なら誰でもいいから来てくれと祈るくらいにはパウビーノ不足に困っておりました。けれど、我々の求める水準に達しないような者でも困るのです。そもそも爆轟魔法とは……」

掌砲長の説明に、レレイは熱心に耳を傾けていた。

彼女の真摯な態度をどう解釈したのか、掌砲長の弁説は更に熱を増していく。

「釈迦《しゃか》に説法《せっぽう》っていう言葉があるんだけどさ……こっちじゃ何て言うの？」

それを見た伊丹は、苦笑しつつテュカに日本語で囁いた。

「まんま、亜神に布教とでも言えばいいわね」

「そっか……」

伊丹は、掌砲長の話が途切れたところで問いかけた。

「あのー、すみません。爆轟魔法を開発した魔導師の名前はこちらに伝わっていますか？」

「もちろんです。偉大なる大魔導師リリィ・ラ・リリーナ女史。カトー老師の直弟子にして、炎龍すらも爆轟魔法によって斃したとされる帝国の英雄です」

「ほほう……」

どうやらこちらの地域には、間違った名前が伝わっているらしい。

だから誰も気が付かないのだ。

目の前にいる魔導師こそが、爆轟魔法の開発者であると。

手書きによる文書や手紙が一般的である以上、そうした誤字脱字による誤伝はあり得るから仕方がないが、真実を知ったらこの掌砲長は顔から火を噴くのではないかと思った。

「とまあ、そういう訳なんだが……レレイさん。そもそもあんたは大砲を扱ったことは？」

「ない」

「爆轟魔法は？」

「一応は」

「一応程度かよ」

掌砲長以下、砲員達は呻《うめ》いた。

「まあいいでしょう。誰にだって最初はある。出来なきゃ出来るようになるまで練習してもらえばいいんですから」

「そう？」

「レレイ。とりあえずやって見せてくれ」

掌砲長の話が長くなりそうだと思ったのか、カイピリーニャは能書きよりも実践だと急かした。

「うん。やってみる」

レレイは砲室にずらりと並ぶ大砲を見渡した。

右舷、左舷側にそれぞれ十五門ずつ、黒光りする鉄の塊が砲口を外側に向けられて並べられている。

黒い鉄の筒は太い材木で組まれた砲架《ほうか》に据えられていた。

砲架には小さいながら車輪が取り付けられており、前後に移動させることが可能だ。

レレイはそれらを見渡し終えると、両手を大きく広げ、その真ん中を通り過ぎていった。

歩きながら、左右の大砲の尾栓部を指先で軽く触れていく。それはまるで子供が歩きながら並木をちょんちょんと触っていく遊びのようでもあった。

「何してる？　さあ、レレイさん。薬室内に爆轟魔法を込めてください」

通り過ぎて振り返ったレレイに、掌砲長は催促する。しかしレレイはこう返した。

「もう終わってる」

「えっ？」

「まさか……」

砲員が疑わしそうに砲口を覗き見る。

「嘘だろ……装填済みだ」

「ほ、本当だ」

乗組員達は驚いていた。

普通のパウビーノならば、精神を集中させたりと時間がかかる。なのに、レレイは軽く触れただけで、薄白く輝く爆轟魔法を砲身の奥底に充填したのだ。

しかもずらりと並ぶ三十門の大砲全てに、だ。

「しょ、掌砲長！」

事態を呑み込めないでいる掌砲長を、部下達が急かした。

「わ、分かった。総員右舷に弾込め！　砲門開け！」

掌砲長の号令で砲員達が弾かれたように作業に取りかかった。

砲丸を砲口から転がし入れる。そして重たい砲架を押して、舷側に開いた砲門から砲口を突き出すのである。

もちろん今は狙うべき敵艦はいないから、掌砲長はまず最大射程を試すことにした。

「まずはどこまで飛ぶか調べる。仰角《ぎょうかく》いっぱい！」

「ラーラホー！」

棒の先に火縄を付けた砲員が、それぞれ砲の斜め後ろに立った。

「って――――――！」

号令とともに、尾栓の火口に火縄が押しつけられた。

すると砲はとんでもない轟音とともに砲弾を発射した。

砲は架台とともに大きく後退する。

それを制限するために太いロープで繋がれているのだが、今回は反動が余りにも大き過ぎてそれらが全て引きちぎれる。そして反対側に並ぶ砲架の列に激突した。

「わぁぁっ！」

「ぎゃあ」

船体そのものが大きく傾《かし》いで、砲室のあちこちで悲鳴が上がった。しばらくの間、船体が大波にもまれる木の葉のごとく揺れ動く。しかし時間とともにそれも止んでいった。

「み、見たか？」

カイピリーニャは、ぽかんと口を開いたまま閉じることが出来なかった。

「み、見ました、艦長」

副長などは体が凍り付いていた。

砲員達はひっくり返った砲を引き起こし、元に戻す作業に追われている。彼らは作業をしながら口々に言った。

「け、煙が全然上がらなかったぜ」

「駐退ロープが引きちぎれるの、俺、初めて見た」

カイピリーニャは梯子段の開口部まで行くと、マストトップにいるエイレーンに声を掛けた。

「おい！　玉はどこまで飛んだ？」

「見えないところまでだよ」

視力に優れた彼女は、弾がどこまで飛んでいくかを観測していた。しかし彼女の目を以てしても着弾地点は分からなかったという。

「とんでもない奴だな」

「すげえ」

砲員達は瞠目してレレイを見つめていた。

大砲の射程、威力、連続発射の速度と持続時間。それらの全てを試し終えると、カイピリーニャは士官や掌砲長を艦尾甲板へと集めた。

「さて、君達の評価を尋ねたい」

「はっきり言って化け物です」

掌砲長が言った。

「おいおい、女性に対して適切な評価とは言えないぞ」

「でも、それが現実なんだからしょうがありません。射程距離は通常の三倍以上。連射速度に至っては通常の五倍以上。しかも半時間繰り返しても、額に汗一つかいてなかったんですよ。これからは、砲架を繋ぐロープを倍、いや三倍に増やさないと」

レレイは一分もかからずに、三十門の大砲全てに爆轟魔法の装填をし終えた。連続発射の試験では、砲員達の体力のほうが保たなかったくらいである。

副長が続けた。

「何よりも凄いのは、あの方の魔法は煙がほとんど立たないことです」

爆轟魔法は、精度が高ければ高いほど煙が立たない。

パウビーノの魔法は不純物が多く、発射する度に煙がもうもうと上がって視界を遮ってしまう。それ故二発目からは狙いを付けることが難しくなるのだ。

しかしレレイの爆轟魔法には煙がない。おかげで視界は開けたままだ。

「天才って、いるところにはいるんですね」

掌砲長は言った。

「絶対にあの方を逃がしたらいけませんよ、艦長。余所の船に取られるだけならまだいいが、敵側に回したらティナエはお終いだ」

その意見には、後ろにいる水兵達も頷いている。

敵の手の届かない距離から猛烈な一斉射撃の連発を叩き込むのは面白いが、逆にそいつを食らう立場になるのは絶対にごめんだという思いである。

「よし、分かった」

話し合いを終えたカイピリーニャは、艦尾で景色を眺めているレレイとテュカに歩み寄ると、丁寧に告げた。

「レレイさん。君を我が艦のパウビーノとして迎えることが出来てとても嬉しい。テュカさんと二人で、この艦に出来るだけ長く乗り込んでいて欲しいと思う。よかったら、ずうっと、なんてどうだろうか？」

するとレレイは伊丹の隣に立って答えた。

「そうはいかない」

「そう言うと思った。気が変わったらいつでも言ってくれ。副長！　彼女達を貴賓室に案内して差し上げろ」

「ラーラホー艦長！」

副長は背筋を伸ばして敬礼すると、まるで最高司令官に対するような丁寧さでレレイ達を誘《いざな》ったのである。

「ちょ、ちょっと待つので！　艦長。貴賓室は……」

すると、一連の騒ぎを見守っていたヴィが、唐突に苦情を申し立てる。貴賓室はティナエ政府からの使節でもある彼の部屋だったからである。

「君と彼女達、果たしてどっちがこの艦にとって重要かつ貴重な存在だと思う？」

カイピリーニャからそう言われてしまうと、ヴィにも答えようがない。

ヴィも実際にテュカの精霊魔法、レレイの爆轟魔法を目にして驚愕していたからだ。

こうして貴賓室はレレイとテュカのものとなったのである。そしてそれがために、エイレーン号の副長、そして士官達の個室割り当ても、押し出されるように一つずつ下へとずれていくことになった。


その日の夕食時。伊丹は水兵達とともに、砲室に据えたテーブルを囲んでいた。

「あれ、俺はどうしてここに？」

今頃、テュカとレレイはカイピリーニャに招待されて、艦長室で士官達とともに食事を取っているはずだ。

なのに一体どうして俺だけが……そんな思いからつい声が漏れてしまった。

「あんた、お偉いさんばっかりの堅苦しいところで飯を食いたいのか？」

「俺は、あの中に混ぜられるなんてゾッとするね」

すると水兵達に揶揄われてしまった。

「そう言われてみればそうですね」

伊丹も笑うしかない。

伊丹がこのような扱いを受けるのも、レレイやテュカのように貢献できる技術を持っている訳ではないからだ。目的地まで送ってもらえて、しかも飯まで出してもらえるだけありがたいと思うべきなのだろう。

「俺はこの卓長のホッブスだ。歓迎するぜ、お客人。こいつはランドン、ゲレン、ベルンスカ、ガッテ、そしてモイだ」

卓長の紹介で、水兵達は一人ずつ挨拶していった。

彼らは平の水兵らしい。

しかし見たところ比較的年配の者が多かった。ヒト種に限らず様々な種族がいるが、みんな中年以降の容姿だ。

これは自衛隊にはない現象だった。

「みなさんはどうして海軍に？　もっと若い人が多いと思ったんですけど」

伊丹は一人一人の手を握りつつ、若手が少ない理由を尋ねた。

「徴兵だよ、徴兵。強制徴募ってやつさ」

ティナエ海軍は今、年齢制限を排した強制徴募で欠員を埋めているという。

「度重なる海賊被害、ついでに大敗北で、若い奴がかなり減っちまったからな。海軍も俺達みたいな年寄りを駆り出さなきゃやっていけないのさ」

「私は、以前小さな商会を営む商人だったのですがね。財産を外国に移動させようとしたのを咎められて財産は没収、強制徴募でこの有り様です」

モイという男は自虐的に言いながら、伊丹の手を握ったのである。

＊　＊

東京――

この日、日本のマスコミ各社から一斉に海外に向けた報道が発信された。

二通の書簡に、帝国の駐日大使グレンバー・ギ・エルギン伯爵と、日本国総理高垣が署名している。

二人が手を握るその光景に、報道各社のフラッシュの明滅が浴びせられた。

アナウンサーがカメラに向かって告げる。

『本日、帝国との間に、領土交換条約の調印がなされました。これによってアルヌス州にある古神殿地域と、特地のカナデーラ諸島とが交換されることとなります』

条約調印後の記者会見で、記者達の質問に高垣はこう答えている。

「総理、特地のカナデーラ諸島とはどのようなところなのですか？」

「特地の南海にある、美しい島嶼だと報告されています」

「日本政府は、その島をどのように利用なされるのですか？」

「今回は帝国の要望に応える形で締結した条約です。そのため、特に計画はありません。現段階の思いつきですが、周辺海域の治安状況が安定したら、観光地としての開発を検討してもよいかもしれませんね」

＊　　＊

中華人民共和国・北京中南海――

薹徳愁《とうとくしゅう》国家主席は、薄暗い執務室の中でグラスのウィスキーを傾けながら、壁一面のテレビモニターに映し出された報道を見ていた。

「主席、報道をご覧ください……」

補佐官がやってきて告げた。

「分かってる。今見ているところだ。いよいよ日本は、自国をまかなうどころか我が中国の必要を満たすほどの資源を手にした訳だ。世界有数の産業国でありながら、日本はなろうと思えばすぐにでも石油の輸出国になれるのだ」

薹は煙草を深々と吸った。

「実に羨ましい」

「しかし報道ではそのことを語っていません」

実際、調印後の記者会見では、高垣総理は記者の質問に対し、カナデーラ諸島とは特地の南海にある風光明媚《ふうこうめいび》な島であると答えるのみであった。そこに大規模かつ優良な海底資源があるとは一切語っていないのだ。

「おそらくは、アメリカの反応を気にしているのだろうな」

「資源の存在をホワイトハウスにリークいたしましょうか？」

「その程度のことをアメリカが知っていないはずがないだろう？　この言葉は、当面の間、資源開発をするつもりはないという意思表明だ。とはいえ、開発しようと思えば日本はいつでも資源を取り出せる。そのことの意味は大きい。アメリカとしても、いつでも日本の首を絞めることが出来る——とは、行かなくなったのだからな」

「いかがいたしましょう？」

「日本は、孤立主義をとってもやっていけるだけの資源と市場を得た。これによって、シーレーンの確保に対する熱意が低下するか否か、日本の意思を探ってみる必要がある」

「では？」

「瓜《うり》の中身が詰まっているかどうかを調べるには、叩いてみるしかあるまい？」

蔓はそう言って、テレビを消したのだった。

あとがき

『ゲート　SEASON2　自衛隊　彼の海にて、斯く戦えり　4．漲望《ちょうもう》編』を手にお取り頂き、誠にありがとうございます。

さて、日がな一日机に向かってポチポチとキーボードを叩く生活をしていると運動不足になります。しかもストレスが溜まるので、食事や間食がどうしたって多くなりがちです。

こんな状況なので、意識して身体を動かさないでいたらあっという間に生活習慣病の原因となる肥満体型が出来上がってしまいます。そうした事態を避けるため、私は仕事場近くのジムへ定期的に通っておりました。

おかげで大きな病気とは無縁な毎日を送らせて頂いているのですが、悪い病気が流行《はや》りだした昨今では、ジム通いも思うに任せません。

そこで今では、仕事場内で出来る運動をしています。

それがローイング運動です。

これは拙作《せっさく》において時々出てくる、短艇でオールを漕ぐ動作――オールを握って上体を軽く反《そ》らしつつ力一杯胸まで引き寄せ、身体を前屈させせながら再び前へと戻すというものです。

これをおよそ四十分間にわたって延々と繰り返すのです。

ローイングマシンを使えば、海に出てボートに乗らなければ出来ないこの動作を、室内に居ながらにして再現することができます。

このローイング運動は腰を使い、腹筋を使い、腿《もも》や脛《すね》、上腕や前腕、胸と背中の筋肉までまんべんなく使います。一日中椅子に座っている私にとってはなかなかに良いリラクゼーションで、この運動をするようになってからは肩こりとは全く無縁です。

しかも外を走るより手軽ですし、交通事故の恐れもない。ランニングに付きものの膝や腰への負担もほとんどなく、さらにはスマートフォンを機械に設置すればアニメを見ながらだって運動できるのです。

時間を効率的に使えて、実に良いことずくめと言えます。

しかしながらこのボート漕ぎの運動、作中の江田島のセリフにあったようにちょっとした欠点もあります。

それは、お尻が過酷な扱いを受けることです。

同じ場所が何度も何度も擦《こす》れるものですからパンツに穴が空きますし、ついでにお尻の皮まで剥けてきます。

つまり新しい靴《くつ》を履《は》いた時に起こる靴擦れのような現象が、お尻で起きてしまうのです。

実はこれが地味に痛くてきつい。

ローイングマシンのベンチにはソフトなクッションが付いているのですが、そういう設備があったとしてもこうしたことは生じてしまいます。

ならば木製のベンチに腰掛けて、短艇訓練に勤《いそ》しんでいる防衛大学の学生さんや、海上自衛隊の方々はどうなのでしょう。彼らは表面上涼しい顔をしていますが、人知れずこの苦痛に耐えているのかもしれません。

さらには古代ギリシャやローマ、イスラム、中世フランスの漕役奴隷になってしまった人々はどうだったのでしょうか?

彼らは私なんぞと違って、朝起きてから夜眠るまでずうっとベンチに縛り付けられていました。

私は執筆する際に、出来うる限り体験できることは体験するという方針を取っております。期せずして彼らの追体験をすることになった私は悟りました。

なるほど、彼らはとても過酷であったのだろうと。

ガレー船は帆船の時代になると程なく廃れていきましたが、いや、本当に廃れて良かったと思います。これはとても非人道的です。身をもって体験したからこそ言えることです。

ちなみに私のお尻の被害ですが、シートの上にさらに一枚、柔らかいクッションを追加するだけで発生しなくなりました。

今では楽々と、良いことずくめの運動で日々の運動不足解消に努めています。

柳内たくみ

「銀座編」開幕!!
累計630万部(電子含む)突破!
ゲートSEASON1〜2
大好評発売中!
漫画
最新20巻
大好評発売中!
SEASON1　陸自編
単行本
●本編1〜5／外伝1〜4／外伝+
●定価:本体1,870円(10%税込)
文庫
●本編1〜5〈各上・下〉／
外伝1〜4〈各上・下〉／外伝+〈上・下〉
●各定価:本体660円(10%税込)
漫画
漫画:竿尾悟
●1〜20(以下、続刊)
●各定価:本体770円(10%税込)
SEASON2　海自編
単行本
●本編1〜5
●定価:本体1,870円(10%税込)
最新4巻
〈上・下〉
大好評発売中!
文庫
●本編1〜4〈各上・下〉
●各定価:本体660円(10%税込)

大ヒット 異世界×自衛隊 ファンタジー
ゲート0《ゼロ》
自衛隊 銀座にて 斯く戦えり
〈前編〉
GATE:ZERO
柳内たくみ
Yanai Takumi
ゲート始まりの物語
「銀座事件」が小説化!
20XX年、8月某日――東京銀座に突如『門(ゲート)』が現れた。中からなだれ込んできたのは、醜悪な怪異と謎の軍勢。彼らは奇声と雄叫びを上げながら、人々を殺戮しはじめる。この事態に、政府も警察もマスコミも、誰もがなすすべもなく混乱するばかりだった。ただ、一人を除いて――これは、たまたま現場に居合わせたオタク自衛官が、たまたま人々を救い出し、たまたま英雄になっちゃうまでを描いた、7日間の壮絶な物語――
ゲート0
自衛隊
にて、
斯く戦えり
〈前編〉
GATE:ZERO
柳内たくみ
銀座崩壊!
その時、日本を救ったのは、
一人のオタク自衛官だった?
630万部!
●ISBN978-4-434-29725-0 ●定価:1,870円(10%税込) ●Illustration:Daisuke Izuka

アルファライト文庫

この作品に対する皆様のご意見・ご感想をお待ちしております。

おハガキ・お手紙は以下の宛先にお送りください。

【宛先】

〒150-6008 東京都渋谷区恵比寿 4-20-3 恵比寿ガーデンプレイスタワー 8F
（株）アルファポリス　書籍感想係

メールフォームでのご意見・ご感想は右のＱＲコードから、
あるいは以下のワードで検索をかけてください。

アルファポリス　書籍の感想　検索

ご感想はこちらから

本書は、2019 年 11 月当社より単行本として
刊行されたものを文庫化したものです。

ゲート SEASON2《シーズン》 自衛隊《じえいたい》　彼《か》の海《うみ》にて、斯《か》く戦《たたか》えり　4.漲望編《ちょうもうへん》〈下《げ》〉

柳内たくみ（やないたくみ）

2022年3月31日初版発行

文庫編集－藤井秀樹・芦田尚
編集長－太田鉄平
発行者－梶本雄介
発行所－株式会社アルファポリス
〒150-6008東京都渋谷区恵比寿4-20-3恵比寿ガーデンプレイスタワー8F
TEL 03-6277-1601（営業） 03-6277-1602（編集）
URL https://www.alphapolis.co.jp/
発売元－株式会社星雲社（共同出版社・流通責任出版社）
〒112-0005東京都文京区水道1-3-30
TEL 03-3868-3275
装丁・本文イラスト－黒獅子
装丁デザイン－ansyyqdesign
印刷－中央精版印刷株式会社

価格はカバーに表示されてあります。

落丁乱丁の場合はアルファポリスまでご連絡ください。

送料は小社負担でお取り替えします。


ISBN978-4-434-30059-2 C0193